BESTSELLERWORLDBOOK 17

그리스 로마 신화

토머스 불핀치 지음 | 박용철 옮김

소담출판사

박용철

서강대학교 영어영문학과 졸업.
공저로 『한국 사회문화 현상의 기호론적 분석』, 『비전 2000』이 있고,
역서로 『광고인이 되는 법』 외 다수가 있다.

sodampublishingcompany

BESTSELLERWORLDBOOK 17

그리스 로마 신화

펴낸날 | 1992년 3월 20일 초판 1쇄
          2002년 7월 30일 초판 32쇄
지은이 | 토머스 불핀치
옮긴이 | 박용철
펴낸이 | 이태권
펴낸곳 | 소담출판사
          서울시 성북구 성북동 178-2 (우)136-020
          전화 | 745-8566~7 팩스 | 747-3238
          e-mail | sodam@dreamsodam.co.kr
          등록번호 | 제2-42호(1979년 11월 14일)

ISBN 89-7381-017-0 00840
● 책 가격은 뒤표지에 있습니다

The Age of Fable

Thomas Bulfinch

「예전의 원수에게 도움을 청할 수밖에 없네.
이 중에서 나의 적이 아닌 자는 얼굴을 돌리게.」
말을 마치자 페르세우스는
배낭에서 메두사의 머리를 꺼내 높이 쳐들었다.
그러자 적은 차례차례 돌로 변해 버렸다.

The Age of Fable

차례

머리말 9page

프로메테우스와 판도라 21page

아폴론과 다프네 28page

피라모스와 티스베 33page

케팔로스와 프로크리스 36page

헤라와 이오 40page

아르테미스와 악타이온 45page

파에톤 48page

미다스 왕 55page

페르세포네 59page

아프로디테와 아도니스 64page

아폴론과 히아킨토스 67page

에로스와 프시케 69page

에코와 나르키소스 80page

아테나 84page

니오베 <u>88page</u>

페르세우스 <u>93page</u>

오이디푸스와 스핑크스 <u>99page</u>

헤라클레스 <u>101page</u>

테세우스 <u>107page</u>

디오니소스 <u>114page</u>

오르페우스와 에우리디케 <u>121page</u>

오리온 <u>126page</u>

트로이 전쟁 <u>128page</u>

오디세우스 <u>157page</u>

아이네이아스 <u>177page</u>

신화와 시인들 <u>216page</u>

작가와 작품 해설 <u>221page</u>

작가 연보 <u>225page</u>

머리말

고대 그리스와 로마의 종교는 사라졌다. 이른바 올림포스의 신들을 믿는 사람들은 이제 한 사람도 없게 되었다. 그러나 이 신들은 신학이 아닌 문학과 취미의 부문에 있어서는 아직 그 가치를 유지하고 있고, 앞으로도 계속 유지해나갈 것이다. 왜냐하면 이 신들은 고금의 시와 회화 중에서도 최고의 걸작이라고 알려져 있는 작품들과 아주 밀접한 관계가 있기 때문이다.

이제 이러한 신들에 대한 이야기를 하려고 하는데, 이 이야기는 고대 인으로부터 우리에게 구전되었고, 현대의 시인 · 비평가 · 강연자들이 널리 인용하고 있으므로, 독자 여러분은 이 책을 읽음으로써 지금까지 의 상상에 의한 창작물 중에서 가장 흥미로운 이야기를 접할 수 있을 것이며, 또 자기 시대의 훌륭한 문학 작품을 이해하려고 하는 사람들에 게는 매우 귀중한 지식이 될 것이다.

이런 이야기를 이해하려면 먼저 고대 그리스 인들이 세계 구조에 대해 어떻게 생각하고 있었는지 알아야 한다. 왜냐하면 로마 인은 그리스 인으로부터, 그 밖의 국민은 로마 인으로부터 그들의 과학과 종교를 계승했기 때문이다.

그리스 인들은 지구는 둥글고 평평하다고 믿었으며, 그들의 나라는 그 중앙에 있고 그 중심점을 이루는 것이 신들의 주거지인 올림포스 산(山), 혹은 신탁(神託)으로 유명한 델포이의 신전이라고 믿고 있었다. 또한 이 원반과 같은 세계는 바다에 의해서 서에서 동으로 양분되어 있다고 생각했다. 그들은 그 바다를 지중해, 그것에 이어지는 바다를 에욱세이노스(흑해)라 불렀다. 그리스 인들이 알고 있는 바다는 이 두 개뿐이었다.

지구 주위에는 대양하(大洋河)가 흐르고 있었는데, 흐르는 방향이 지구의 서편에서는 남쪽에서 북쪽으로, 동편에서는 북쪽에서 남쪽으로 흐르고 있었다. 흐름은 변함이 없었고, 어떠한 폭풍우에도 넘치는 일이 없었다. 모든 바다와 강은 그곳으로부터 물을 받아들이고 있었다.

지구의 북쪽 일부에는 히페르보레오스라고 하는 행복한 민족이 높은 산맥 너머에서 영원한 기쁨과 봄을 누리면서 살고 있다고 믿었다. 그리고 그 산의 커다란 동굴로부터 매서운 폭풍이 몰려와서 헬라스(그리스) 사람들을 추위에 떨게 한다고 생각했으나 그 나라에는 아무도 접근할 수가 없었다.

지구의 남쪽에는 대양하 가까이에 히페르보레오스와 같은 행복하고 덕이 있는 민족이 살고 있었는데, 그들을 에티오피아 인이라 불렀다.

신들이 그 민족에게 호의를 가지고 있었기 때문에, 때때로 올림포스의 거처를 떠나서 그들과 향연을 벌이는 일이 있었다.

지구의 서쪽 끝에는 대양하 가까이에 '엘리시온의 들' 이라 부르는 땅이 있었다. 이곳은 신들로부터 총애를 받은 인간이 영원한 행복을 누릴 수 있는 곳으로 '행복한 들' 이니 '축복받은 섬' 이니 하는 말로 불렸다.

이것으로 미루어 보아, 고대 그리스 인은 자기 나라의 동쪽과 남쪽에 사는 민족, 혹은 지중해 연안 근처에 존재하는 민족에 대해서는 몰랐던 것이다. 그래서 그들의 상상력은 지중해의 서쪽 땅에는 거인 · 괴물 · 마녀들을 살게 했고, 원반과 같은 세계의 주변에는 신들로부터 총애를 받은 민족들을 살게 했다.

해와 달은 대양하에서 떠올라 신들과 인간들에게 빛을 주면서 공중을 지나는 것으로 믿었고, 북두칠성, 즉 큰곰자리 및 그 근처에 있는 다른 별들을 제외한 모든 별들도 대양하에서 떠올라 또 그 속으로 지는 것으로 생각했다.

신들의 거처는 테살리아에 있는 올림포스 산꼭대기에 있었다. 그곳에는 '호라이' 라고 부르는 계절의 여신들이 지키는 구름의 문이 하나 있었는데, 이 문은 하늘의 신들이 땅으로 내려갈 때나 다시 하늘로 돌아올 때 열렸다. 신들은 각기 자기 거처를 가지고 있었는데, 주신(主神)인 제우스(주피터)가 소집하면 모두 델포이의 신전으로 모였다.

이 올림포스의 주신이 사는 궁전의 큰 홀에서는 많은 신들이 그들의 음식과 음료인 암브로시아(불로불사의 음식)와 넥타르(神酒)로 매일 향연을 베풀고 있었다. 아름다운 여신 헤베가 넥타르 잔을 날랐다. 이 향연에서 신들은 하늘과 땅에서 일어난 여러 가지 사건들을 이야기했고, 그들이 넥타르를 마시고 있을 때면 음악의 신 아폴론(아폴로)이 리라를 연주하여 그들을 즐겁게 해 주었다. 또한 뮤즈 여신들은 그 음악에 맞추어 노래를 불렀다. 해가 지면 신들은 자신들의 거처로 돌아가 잠을 잤다.

제우스는 신과 인간의 아버지로, 크로노스(사투르누스)와 레아(옵스) 사이에서 태어났다. 티탄 신족에 속하는 크로노스와 레아는 카오스(혼돈)로부터 태어난 '하늘' 과 '대지' 의 자식이었다.

크로노스와 레아만이 유일한 티탄족이었던 것은 아니다. 그 밖에도 오케아노스, 히페리온, 이아페토스, 코이오스, 크레이오스와 같은 남신들과 테이아, 포이베, 테미스, 므네모시네와 같은 여신들이 있었다. 이 신들은 연로하여 그들의 지배권은 그후에 다른 신들에게 넘어갔다. 크로노스는 제우스에게, 오케아노스는 포세이돈(넵투누스·넵툰)에게, 히페리온은 아폴론에게 그 지배권을 넘겼다. 히페리온은 태양과 달과 여명의 아버지였다. 그러므로 최초의 태양신은 히페리온인 셈이다.

크로노스와 레아가 지배하기 전에는 오피온과 에우리노메가 올림포스를 지배하고 있었다.

크로노스는 누이 레아와 결혼했는데, 레아가 자식들을 낳자마자 모두 잡아먹었다. 그것은 자식에게 왕위를 빼앗기게 될 것이라고 예언한 우라노스와 가이아 때문이었다.

크로노스가 헤스티아, 데메테르, 헤라, 하데스, 포세이돈을 낳는 대로 삼켜 버린 후, 레아는 다시 아이를 갖게 되었다. 그녀는 이번 아이만은 아이의 아버지가 삼켜 버리는 운명으로부터 벗어나게 해야겠다고 결심하고 어머니인 가이아의 도움을 받아 밤에 몰래 크레타 섬으로 가서 사내아이를 낳았는데, 그가 바로 제우스이다.

레아는 갓 태어난 제우스를 가이아에게 맡기고 크로노스에게 돌아가, 가이아가 가르쳐 준 대로 커다란 돌을 아기옷으로 싸서 크로노스에게 내밀며 이번에 태어난 아들이라고 말했다. 크로노스는 조금도 의심하지 않고 그 돌을 한 입에 삼켜버렸다.

제우스는 무사히 성장하여, 가이아의 가르침에 따라 크로노스를 속여 그에게 토하는 약을 먹였다. 그러자 크로노스는 제우스 대신 삼킨 돌을 토해 냈고, 그 다음에는 제우스의 바로 윗형으로 후에 바다의 지배자가 될 포세이돈을, 그리고 지하의 왕이 될 하데스를, 이어 제우스의 아내로 신들의 여왕이 될 헤라, 농업의 여신이 될 데메테르, 불의 여신이 될 헤스티아를 토해 냈다.

제우스는 이들 형제 자매들과 더불어 아버지와 그의 형제들인 티탄 신족들에 대항하여 폭동을 일으켰다. 그들을 정복하자, 그 중 어떤 자는 타르타로스(지옥)에 가두고 또다른 자들에게는 다른 형벌을 가했다. 아틀라스라는 자는 어깨로 하늘을 떠받치는 형벌을 받았다.

크로노스가 쫓겨나자, 제우스는 포세이돈에게는 바다를, 하데스에게는 죽은 사람들의 나라인 명부(冥府)를 차지하게 하고 지구와 올림포스는 셋의 공동 재산으로 하였다. 마침내 제우스는 신들과 인간들의 왕이 된 것이다.

그는 천둥과 번개가 있었으며, 헤파이스토스가 준 아이기스라는 방패를 가지고 있었다. 제우스가 총애한 새는 독수리였는데, 그 새가 제우스의 번개를 지니고 있었다.

헤라(유노)는 제우스의 아내이자 신들의 여왕이었다. 또 무지개의 여신 이리스는 헤라의 시녀이며 사자(使者)였다.

아테나(미네르바)는 지혜의 여신으로 제우스의 딸이지만, 어머니는 없다.

제우스는 헤라를 왕비로 삼기 전에 여신 메티스(세심)와 결혼했었다. 메티스가 여자아이를 임신하자, 제우스는 메티스를 삼켜 버렸다. 그것은 만일 메티스가 여자아이를 낳게 되면 그 여자아이가 성장하여 세계를 지배할 남자아이를 낳게 될 것이라고 한 가이아의 예언 때문이었다. 제우스는 이러한 위험을 미리 막기 위해 첫 여자아이가 태어나기 전에 메티스를 삼켜 버렸던 것이다. 그 결과 제우스는 지혜의 능력을 몸 속에 지니게 되었다. 왜냐하면 불사의 여신인 메티스는 제우스의 뱃속에 살면서 해도 좋은 일과 해서는 안 되는 일을 조언해 주었기 때문이다. 메티스가 임신한 여자아이는 어머니의 태내에서 순조롭게 성장을 계속했다.

마침내 메티스가 아기를 낳을 때가 되자, 제우스는 심한 두통을 느껴 헤파이스토스에게 명하여 자신의 머리를 도끼로 가르도록 했다. 그러자 그의 머릿속에서 황금 무구(武具)로 무장한 여신이 큰 소리를 지르면서 뛰쳐나왔다. 그녀가 바로 아테나로, 제우스의 신뢰와 사랑을 한 몸에 받았다.

아폴론은 포이보스라고도 불리며, 궁술(弓術)과 예언과 음악의 신으로서 제우스와 레토(라토나) 사이에서 태어났다. 그리고 달의 여신 아르테미스(디아나)의 오빠이기도 하다.

제우스는 헤라와 결혼을 했으면서도 여신 레토와 연인 관계가 되어 마침내 레토가 임신하게 되었다. 질투심에 불탄 헤라는 레토가 해산할 장소를 허락하지 않았다. 레토는 무거운 배를 안고 온 세계를 돌아다니다 마침내 '오르티기아' 라는 바위를 생각해 냈다. 이 바위는 레토의 여동생인 아스테리아 여신이 변한 것이었다. 제우스는 아스테리아도 애인으로 삼으려고 했는데, 그녀가 그의 구애를 단호히 거부하고 메추라기로 변신하여 바다로 날아갔다. 그러자 화가 난 제우스는 그녀를 바위로 만들어 언제까지나 파도에 떠밀려 바다 위를 떠돌아다니게 했던 것이다.

오르티기아는 정지된 땅이 아니었으므로, 헤라에게서 레토의 출산 금지 명령을 받지 않았다.

헤라는 제우스의 구애를 거절한 아스테리아에게 감사하는 마음을 갖고 있었다. 그래서 레토는 오르티기아에서 해산한다면 헤라로부터 벌을 받지 않을 것이라고 생각했다. 마침내 레토는 아폴론과 아르테미스 쌍둥이 남매를 낳았다.

아폴론은 언제나 눈부신 황금빛을 비추는 광명(태양)의 신이다. 그가 태어나자 보잘것없는 바위섬이었던 오르티기아는 온통 황금으로 뒤덮이게 되었다. 광명의 신이 탄생한 이 섬은 이후 델로스('밝다' 는 뜻) 섬으로 불렸다.

아폴론이 태양의 신인 것과 같이 그의 쌍둥이 누이동생 아르테미스는 달의 여신이다.

사랑과 미의 여신 아프로디테(베누스·비너스)는 제우스와 디오네 사이에서 태어났다. 일설에 의하면, 아프로디테는 바다의 거품에서 나왔다고도 한다.

대지의 여신 가이아는 우라노스와의 사이에서 티탄이라는 12명의 거신족을 낳았는데, 남자 여섯, 여자 여섯이었다. 그리고 그 후 그녀는 무시무시한 괴물들——키클로프스들과 헤카톤케이르들——을 낳았다. 우라노스는 이 무시무시한 아들들을 보자 깜짝 놀라 그들을 모두 꽁꽁 묶어 가이아의 뱃속으로 도로 집어 넣어 버렸다. 화가 난 가이아는 복수를 결심하고 강한 쇠붙이를 낳아 톱날이 달린 커다란 낫을 만들었다. 그런 다음, 그녀는 티탄들에게 그 낫을 보여 주며 아버지를 혼내 주라고 말했다. 티탄들 중 가장 나이 어린 크로노스가 그 일을 하기로 했다.

그런 일이 있는 줄은 꿈에도 생각지 못한 우라노스가 가이아를 끌어안고 누웠을 때, 숨어서 기다리고 있던 크로노스가 그 커다란 낫으로 아버지의 생식기를 잘라 바다에 던져 버렸다. 그것은 바다에 떨어졌으나, 죽지 않는 신의 몸의 일부분이었으므로 절대로 썩지 않고 생명을 가진 채 오랫동안 바다 표면을 떠다녔다. 이윽고 그 생식기에서 흰 거품이 일기 시작하더니 예쁜 여자아이가 나왔다. 그 아이는 거품 속에 묻힌 채 파도에 실려 키프로스 섬에 이르렀는데, 사계절의 여신들이 맞아서 하늘나라의 여러 신들에게 안내했다. 이 아이가 바로 아프로디테로서 미(美)의 여신이다.

아프로디테가 하늘에 도착하자, 신들은 모두 그녀의 아름다움에 감탄하여 그녀의 사랑을 얻기를 원했다. 그러자 제우스는 헤파이스토스가 번개를 잘 단련한 데 대한 답례로서 아프로디테를 그에게 주었다. 그래서 여신 중에서 가장 아름다운 신이 남신 중에서 가장 못생긴 신의 아내가 된 것이다.

아프로디테의 아들 에로스(큐피드)는 사랑의 신이다. 그는 항상 활과 화살을 들고 어머니를 따라다니면서 신과 인간의 가슴에 사랑의 화살을 쏘았다. 또 에로스의 동생 안테로스는 이루지 못하는 사랑의 복수자가 되기도 하고, 서로 사모하는 사랑의 상징이 되기도 한다.

천상의 명공(名工) 헤파이스토스는 제우스와 헤라 사이에서 태어난 아들이다. 그러나 일설에는, 제우스가 머리로 아테나를 낳는 것을 본 헤라가 혼자 힘으로 헤파이스토스를 낳았다고도 한다. 그런데 그는 태어나면서부터 절름발이에다 아주 못생겼다. 제우스에게 대항하려다 실패하여 이런 추한 아들을 낳게 된 것을 못마땅하게 생각한 헤라는 갓 태어난 헤파이스토스를 지상으로 던져 버렸다. 그러나 테티스와 에우리스메라는 물의 님프들에 의해 구출되어 9년 동안 동굴 속에서 살며 기술의 신으로 성장했다.

헤파이스토스는 어머니에게 복수하기로 결심하고 심혈을 기울여 옥좌를 만들었다. 옥좌에는 보이지 않는 사슬이 깔려 있어 누구든 그 위에 앉으면 꼼짝할 수 없는 것이었다. 옥좌를 선물받은 헤라는 기뻐하며 그 위에 앉았으나 사슬에 꽁꽁 묶이고 말았다. 그러자 신들은 헤파이스토스를 데려다가 그 사슬을 풀도록 했다. 그래서 헤파이스토스가 신들과 어울리게 된 것이다. 헤파이스토스는 제우스의 사자로서 날개 달린 투구를 쓰고, 날개 달린 신발을 신었으며, 손에는 두 마리의 뱀이 달린 카투케우스라는 지팡이를 들고 다녔다.

전쟁의 신인 아레스(마르스 · 마즈)는 제우스와 헤라의 아들이다.

헤르메스(메르쿠리우스 · 머큐리)는 제우스와 마이아 사이에서 태어난 아들이다. 그가 주재한 부문은 상업, 레슬링(격투) 및 그 밖의 경기, 나아가서는 도둑질에까지 미쳤는데, 요컨대 숙련과 기민을 요하는 일체의 것에 해당됐다.

술의 신인 디오니소스(바쿠스 · 바커스)는 제우스와 세멀레 사이에서 태어난 아들이다.

예능의 신인 뮤즈는 제우스와 므네모시네(기억의 여신) 사이에서 태어난 딸들이다. 이들 뮤즈의 여신은 모두 아홉 명이었는데, 각기 문학 · 예술 · 과학 등의 부문을 분담하여 주재했다. 즉, 칼리오페는 서사시를, 클레이오는 역사를, 에우테르페는 서정시를, 멜포메네는 비극을, 테르프시코레는 합창과 무용을, 에라토는 사랑의 시를, 폴리힘니아는 찬가를, 우라니아는 천문학을, 탈레이아는 희극을 각기 주재했다.

네메시스는 복수의 여신으로, 정의의 분노, 특히 오만과 불손에 대한 분노를 대표하였고, 판(파우누스)은 가축과 목동들의 수호신이다. 그는 주로 아르카디아의 들에서 살았다.

사티로스는 숲과 들의 신들이었다. 그들은 뻣뻣한 털로 덮였으며 머리에는 짧은 뿔이 돋아 있었고, 다리는 산양과 비슷했다.

모모스는 웃음의 신이고, 플루토스는 부(富)를 주재하는 신이다.

지금까지 이야기한 신들은 로마 인들도 받아들이기는 했지만, 모두 그리스의 신들이다. 그러나 이제부터 이야기하는 신들은 로마 신화의 고유한 신들이다.

사투르누스는 고대 이탈리아 인의 신이다. 이 신은 그리스의 신 크로노스와 동일시되고, 전설에 의하면 아들 제우스에게 쫓겨 이탈리아로 도망쳤는데, 세칭 황금시대라고 불리는 시기에 그곳을 통치했다고 한다.

사투르누스의 손자인 파우누스는 들과 목자의 신이자 예언의 신으로 숭배받았다. 그리고 그 이름의 복수형인 파우니는 그리스의 사티로스와 같이 익살스런 신들의 일단을 의미한다.

키리누스는 전쟁의 신인데, 로마의 창건자로서 사후에 신의 지위에 오르게 된 로물루스 자신이다.

벨로나는 전쟁의 여신이다.

테르미누스는 토지의 신이고, 팔레스는 가축과 목장, 플로라는 꽃, 루키나는 출산을 주재하는 여신이다.

포모나는 과수(果樹)를 주재했다.

베스타는 국가의 솥과 가정의 솥을 주재하는 여신이다.

리베르는 술의 신인 디오니소스에 해당하며, 물키베르는 불과 대장장이의 신인 헤파이스토스에 해당한다.

야누스는 하늘의 문지기로서 새해를 열었기 때문에, 일 년의 첫 번째 달(January)은 그의 이름을 따서 붙여졌다. 그는 문의 수호신인데, 문은 반드시 두 방향으로 나 있으므로 야누스는 머리가 두 개라고 한다. 로마에는 야누스의 신전이 여러 개 있었다.

페나테스는 가족의 행복과 번영을 지켜 주는 신들로, 그들의 이름은 페누스, 즉 식료품을 넣는 찬장이라는 말에서 유래된 것이다.

라레스도 가정의 신들이었지만, 이들은 인간의 영혼이 신이 된 것으로 여겨졌다는 점에서 페나테스와 달랐다. 라레스는 선조의 영혼으로서, 그 자손을 감독하고 보호하는 것으로 영어의 유령(ghost)이라는 말과 비슷한 말이라 생각해도 된다.

로마 인들은, 남자는 누구에게나 그 자신의 게니우스(수호신)가 있고, 여자는 유노(여자의 수호신)가 있다고 믿었다. 즉, 그들에게 삶을 부여한 신은 평생 수호자가 되어 준다고 생각했던 것이다. 그래서 생일에 남자는 자신의 게니우스에게, 또 여자는 자신의 유노에게 각기 제물을 바쳤다.

프로메테우스와 판도라

세계 창조는 그 주인인 인간의 홍미를 더없이 자극한다. 고대의 이교도들은 오늘날 우리가 성서에서 얻는 바와 같은 지식을 가지고 있지 않았으므로, 그들 나름대로 세계 창조의 이야기를 전해 왔다. 그것은 다음과 같은 것이다.

땅과 바다와 하늘이 창조되기 전에는 만물이 모두 하나로 이루어져 있었는데, 이것을 카오스라 부른다. 카오스는 하나의 혼란된 덩어리로서 굉장히 무겁기만 한 것이었으나, 그 속에는 여러 사물들의 씨가 잠자고 있었다. 즉, 땅과 바다와 공기가 한데 어우러져 있었던 것이다. 그때만 해도 땅은 딱딱하지 않았으며, 바다는 물이 아니었고, 공기는 투명하지 않았다.

마침내 신과 자연의 능력으로 땅과 바다와 하늘이 분리됨으로써 혼돈이 끝났다. 그때 불타고 있던 것은 가장 가벼웠기 때문에 날아 올라가 하늘이 되었다. 공기는 무게와 장소에 있어서 그 다음을 차지하였고, 땅은 이들보다 무거웠기 때문에 밑으로 가라앉았다. 그리고 물은 제일 낮은 곳으로 내려가 육지를 뜨게 했다.

이때 어떤 신이——어떤 신인지는 알 수 없다——이제 막 이루어진 땅을 정리하고 배열했다. 그는 강과 만(灣)을 구분짓고, 산을 일으켜 골짜기를 파고, 숲과 샘과 비옥한 논밭과 돌이 많은 벌판을 여기저기에 배열했다. 공기가 깨끗해지자 별들이 나타나기 시작했고, 물고기는 바다를, 새는 공중을, 네발짐승은 육지를 각각 차지하였다.

그러나 정신을 소유하고 이 세상을 다스릴 수 있는 인간은 아직 없었다. 그때 프로메테우스가 세상에 찾아왔다. 그는 대지의 흙을 빚어서 우주를 지배하는 신들을 본떠 인간을 만들었다. 프로메테우스는 인간이 직립할 수 있도록 만들었기 때문에 인간은 처음부터 하늘을 우러러 볼 수 있었다.

프로메테우스는 제우스에게 지위를 빼앗긴 옛 거신족(巨神族)의 하나로 재주가 많았다. 그의 동생인 에피메테우스는 인간을 만들거나, 인간과 그 밖의 다른 동물들이 살아가는 데 필요한 능력을 부여하는 일을 위임받고 있었다. 그래서 에피메테우스는 여러 동물들에게 용기·힘·속도·지혜 등 여러 가지 능력을 주기 시작하였다. 그러나 만물의 영장이 될 인간의 차례가 되었으나, 그 자원을 모두 써 버려 인간에게 줄 것이 아무것도 없었다. 당황한 그는 형인 프로메테우스에게 달려가 도움을 청했다. 그러자 프로메테우스는 여신 아테나의 도움을 받아 태양의 이륜차에서 불을 가져다 인간에게 주었다. 이 불로 인해 인간은 다른 동물보다 월등한 존재가 되었다. 무기를 만들어 다른 동물을 정복할 수 있었고, 도구를 사용하여 토지를 경작할 수 있었으며, 또 집을 따뜻하게 하여 추위를 막을 수 있었기 때문이다. 더 나아가서 인간은 여러 가지 예술을 창조해 냈으며, 상거래를 위한 화폐를 만들기에 이르렀다.

그러나 그때까지 여자는 아직 이 세상에 없었다. 최초의 여자는 하늘을 다스리던 제우스가 만들어서 프로메테우스와 그의 동생에게 보냈다고 한다. 두 형제에게는 하늘로부터 불을 훔친 것을 벌하기 위함이요, 인간에게는 그 선물을 받은 죄를 벌하기 위해서였다. 이때 만들어진 여자를 판도라('모든 선물을 받은 여인' 이라는 뜻)라고 하였는데, 그녀가 완성되기에는 모든 신이 조금씩 기여하였다. 아프로디테는 미를, 헤르메스는 설득력을, 그리고 아폴론은 음악을 주었다. 이렇게 만들어진 판도라는 지상으로 내려와 에피메테우스와 결혼하였다. 그는 형인 프로메테우스로부터 제우스와 그의 선물을 경계하라는 주의를 받았음에도 불구하고 그녀를 기꺼이 아내로 맞아들였다.

에피메테우스는 상자를 하나 가지고 있었는데, 그 속에는 갖가지 해로운 기운이 들어 있었다. 그것은 인간에게 새로운 주거를 만들어 줄 때 필요하지 않았기 때문에 상자 속에 넣어 두었던 것이다. 판도라는 상자 안에 무엇이 들어 있는지 알고 싶었다. 그래서 어느 날 그녀는 뚜껑을 열고 들여다보았다. 그러자 곧 인간을 괴롭히는 무수한 재액이 그 속에서 쏟아져 나왔다. 판도라는 놀라 재빨리 뚜껑을 덮으려고 하였으나, 이미 상자 속에 들어 있던 것은 다 날아가고 오직 하나만 맨 밑에 남아 있었는데, 그것이 바로 '희망' 이었다. 오늘에 이르기까지 인간이 어떤 재난에 처해도 희망을 잃지 않는 것은 이 때문이다. 동시에 희망을 가지고 있는 한 어떠한 재난도 인간을 절망할 정도로 불행하게 하지는 못하는 것이다.

그런데 이와 관련된 또다른 이야기가 있다. 판도라가 제우스의 호의로 인간을 축복하기 위하여 보내졌다는 설이 그것이다. 판도라는 신들이 각기 축하하면서 준 선물을 하나의 상자에 넣어 가지고 있었는데, 그녀가 무심코 그 상자를 열었더니 선물이 다 달아나버렸다. 그러나 오직 희망만은 남았다는 것이다. 이 이야기가 앞서의 이야기보다 더 진실성이 있는 것 같다. 왜냐하면 '희망'이란 매우 귀중한 보석과 같은 것이므로, 그것이 앞서의 이야기처럼 모든 재액으로 충만되어 있는 상자 속에 들어 있었다는 것은 이해하기 어렵다.

그리하여 세계 최초로 인간이 살게 되었는데, 그 최초의 시대는 죄악이 없는 행복한 시대로서 '황금시대'라고 불렀다. 법이라는 강제에 의하지 않고도 진리와 정의가 행해졌고, 땅은 인간이 밭을 갈고 씨를 뿌리며 노동하지 않더라도 인간에게 필요한 모든 것을 생산해냈다. 이때는 계절의 구분 없이 항상 봄이 지배하여 꽃은 씨앗이 없이 자랐고, 강에는 젖과 술이 넘쳐 흘렀으며, 노란 꿀이 떡갈나무에서 뚝뚝 떨어졌다.

다음에는 '은(銀)의 시대'가 왔는데, 이때 제우스는 일 년을 4계절로 나누었다. 이때부터 인간에게 가옥이 필요하게 되었다. 이제는 농작물도 재배하지 않으면 자라지 않았고, 농부는 씨를 뿌리지 않으면 안 되었으며, 소는 쟁기를 끌어야만 했다.

다음에는 '청동시대'가 왔는데, 이 시대는 인간의 기질이 전시대보다 훨씬 거칠었고, 걸핏하면 무기를 들고 싸우려 했다.

그러나 아직 극도로 사악하지는 않았다. 가장 무섭고 나쁜 시대는 '철(鐵)의 시대'였다. 죄악이 홍수처럼 넘쳐나고, 겸손과 진실과 명예는 아무 쓸모 없이 사라져버렸다. 그 대신 사기와 간사한 지혜와 폭력과 사악한 이기심이 나타났다. 이제까지는 공동으로 경작되던 땅이 분할되어 사유 재산이 되었고, 사람들은 땅에서 생산되는 것에 만족하지 않고 땅 속을 파서 광물을 끄집어 내지 않으면 안 되었다. 이리하여 해로운 '철'과 더 해로운 '금'이 생산되었다. 철과 금을 무기(황금의 무기란 '뇌물'을 뜻함)로 하여 전쟁이 일어났다. 손님은 그의 친구 집에 있어도 편치 못했다. 사위와 장인, 형제와 자매, 남편과 아내는 서로 믿지 못하였고, 자식들은 재산의 상속을 원하여 아버지가 죽기를 바랐다. 가족의 사랑도 땅에 떨어졌다. 그리하여 땅은 살육의 피로 물들었고, 신들은 마침내 지상을 돌아보지 않게 되었다.

지상의 끔찍한 모습을 본 제우스는 크게 노하여, 신들과 의논한 후에 인간족을 멸망시키기로 결정하고 번갯불로 세계를 불태워 버리려고 했다.

그러나 불이 일어나면 하늘도 화재를 면치 못하리라 생각한 제우스는 계획을 바꾸어 엄청난 비를 내려 인간들을 멸망시키기로 했다.

제우스의 동생이며 바다의 신인 포세이돈도 모든 강을 범람하게 하여 이 일을 도왔다. 그리하여 큰 홍수가 났는데, 오직 파르나소스 산만이 물 위로 솟아 있었다. 그리고 거기에는 프로메테우스의 일족인 데우칼리온과 그의 아내 피라가 피난해 있었다. 이들은 정직하고 신을 잘 섬겼다.

제우스는 이들 외에는 지상에 살아남은 자가 하나도 없는 것을 보고 비를 그치게 했다. 포세이돈도 모든 강을 본래의 위치로 돌려보냈다. 그러자 땅이 다시 나타났다.

그때 데우칼리온이 피라에게 말했다.

「오, 사랑하는 아내여, 생존한 유일한 여인이여, 우리는 처음에는 혈연과 결혼의 인연으로 맺어졌고, 지금은 공동의 재난에 의하여 맺어졌소. 우리가 선조인 프로메테우스의 힘을 이어받아 인류를 새로 만들 수 있다면 얼마나 좋겠소. 그러나 그건 우리에겐 어려운 일이니, 신전으로 가 신들에게 장차 우리가 어떻게 해야 하는지 물어 보기로 합시다.」

그들은 신전에 엎드려 테미스 여신에게, 어떻게 하면 멸망한 인류를 전과 같이 만들 수 있는지 가르쳐 달라고 기도했다. 그러자 신탁이 내려졌다.

「머리에 베일을 쓰고 옷을 벗고 이 신전을 떠나라. 그리고 너희 어머니의 뼈를 등 뒤로 던져라.」

그들은 이 말을 듣고 깜짝 놀라 잠시 어리둥절하였다. 피라가 먼저 침묵을 깨뜨리고 말했다.

「저희들은 그 말만은 따를 수 없습니다. 어떻게 어버이의 유골을 더럽힐 수가 있겠습니까?」

그들은 나무가 무성한 그늘로 가서 생각에 잠겼다. 마침내 데우칼리온이 아내에게 조용히 말하였다.

「내 생각이 틀리지 않는다면, 신탁의 명령에 따라도 불효가 되지 않을 것 같소. 우리의 어머니란 땅이고, 그 뼈란 돌이란 뜻이오. 그러니까 피라여, 돌을 등 뒤로 던지면 되지 않겠소?」

그들은 머리에 베일을 쓰고 옷을 벗고 돌을 주워 뒤로 던졌다. 그러자 돌이 말랑말랑해져서 한 형체를 이루기 시작했다. 그러더니 마치 조각가가 깎아 놓은 대리석상과 같이 점점 인간을 닮은 형상이 되었다. 돌의 주변에 있던 젖은 진흙은 살이 되었고, 돌은 뼈가 되었으며, 돌의 결은 그대로 혈관이 되었다. 그리하여 데우칼리온이 던진 돌은 남자가 되고, 피라가 던진 돌은 여자가 되었다. 모두가 건장해서 노동에 적합했다. 오늘날의 우리가 일을 할 수 있는 것은, 이 종족에서 기원한 증거이다.

프로메테우스는 예로부터 시인들이 즐겨 시제(詩題)로 삼아 왔다. 그는 인류의 벗으로, 제우스가 인류에게 노했을 때 인간의 편에 섰고, 인간들에게 문명과 기술을 가르친 것으로 표현되었다. 그러나 그렇게 함으로써 그는 제우스의 분노를 사서 카프카스 산 위 바위에 쇠사슬로 묶이고 말았다. 독수리가 와서 그의 간을 파먹었는데, 파먹으면 바로 또 간이 생겼다. 그는 어느 때라도 자기의 박해자인 제우스의 명령에 복종한다면 그 고통스러운 형벌에서 벗어날 수 있었으나 그는 그런 짓을 경멸하였다. 따라서 그는 오늘날 부당한 수난과 압제에 대한 초인적인 인내와 불의에 항거하는 의지력의 상징이 되었다.

아폴론과 다프네

홍수로 인해 땅은 진흙투성이가 되었으나, 그 덕택으로 땅은 아주 비옥해져서 온갖 종류의 생물이 산출되었다. 그 중에 피톤이라는 큰 뱀이 기어나와 파르나소스 산의 동굴 속으로 숨어들어갔다. 아폴론은 화살로 그 큰 뱀을 쏘아 죽이고 이를 기념하기 위해 피톤 경기를 창설하였다. 이 경기에서 우승한 자에게는 너도밤나무 잎으로 만든 관을 씌워 주었다. 그 무렵에는 아직 월계수가 아폴론의 나무로 정해져 있지 않을 때였던 것이다.

벨베데레라고 하는 유명한 아폴론의 상(像)이 있는데, 그것은 피톤을 퇴치한 아폴론의 모습을 그린 것이다.

다프네는 아폴론 최초의 연인이다. 그것은 우연히 이루어진 사랑이 아니라 에로스의 원한에 의하여 이루어졌다. 마침 피톤을 퇴치하고 의기양양해 있던 아폴론이 활과 화살을 가지고 놀고 있는 에로스에게 말했다.

「야, 이 장난꾸러기야, 넌 전쟁 때나 쓰는 위험한 무기를 가지고 무엇을 하려는 거냐? 그건 필요한 사람에게나 주어라. 나는 이 무기로 저 큰 뱀을 죽였단다. 꼬마야, 건방지게 내 무기에 손댈 생각 말고 사랑의 불장난이나 하려무나.」

「아폴론님, 당신의 화살은 다른 모든 것을 맞힐는지 모르지만, 내 화살은 당신을 맞힐 걸요.」

이렇게 말하며 에로스는 파르나소스 산의 바위 위에 서서 두 개의 화살을 꺼냈다. 하나는 사랑을 일으키는 화살이고, 다른 하나는 그것을 거부하는 화살이었다. 앞의 것은 끝이 뾰족한 금화살이고, 뒤의 것은 끝이 무딘 납화살이었다. 에로스는 납화살로 강의 신 페네이오스의 딸인 다프네라는 님프를 쏘고, 금화살로는 아폴론을 쏘았다.

그러자 아폴론은 곧 다프네를 연모하게 되었으나, 다프네는 사랑이라는 것은 생각조차 하기 싫어하게 되었다. 그녀의 유일한 즐거움은 숲 속을 돌아다니며 사냥하는 것이었다. 그녀에게 구애를 하는 남성이 많았으나, 그녀는 그들을 모두 거절했다. 그녀의 아버지는 종종 그녀에게 말했다.

「얘야, 이젠 너도 결혼을 해야지.」

그러나 다프네는 결혼을 생각하는 것을 죄악이나 범하는 것같이 싫어하였으므로, 아름다운 얼굴을 붉히면서 아버지의 목에 팔을 감고 말했다.

「아버지, 제발 저도 아르테미스와 같이 결혼하지 않고 언제나 처녀로 있도록 해주세요.」

　아버지는 하는 수 없이 승낙하면서, 이렇게 덧붙였다.

「너의 아름다운 얼굴이 그렇게 하도록 내버려두지 않을 것이다.」

　아폴론은 다프네를 사랑하여 어떻게든 그녀를 차지하려고 하였다. 그러나 온 세계에 신탁을 내리는 그였지만 자기 자신의 운명은 어찌할 수 없었다. 그는 다프네의 어깨에 머리카락이 아무렇게나 늘어진 것을 보고 말했다.

「빗질을 하지 않아도 저렇게 아름다우니 머리를 곱게 단장하면 얼마나 아름다울까!」

　그는 그녀의 별과 같이 빛나는 눈과 또 아름다운 입술을 보았다. 그러나 보는 것만으로는 만족할 수 없었다. 그는 다프네의 손과 어깨까지 드러난 팔을 보고 감탄하였다. 그리고 드러나지 않은 부분은 얼마나 더 아름다울까 하고 상상하였다. 그는 다프네의 뒤를 쫓았으나 다프네는 바람보다도 빨리 달아났다. 그가 아무리 사정해도 그녀는 멈추지 않았다. 그는 말했다.

「잠깐만 기다려 주오, 페네이오스의 따님이여, 나는 원수가 아니오. 당신은 양이 늑대를 피하고 비둘기가 매를 피하듯이 나를 피하고 있는데, 제발 그러지 말아 주오. 내가 당신을 쫓는 것은 당신을 사랑하기 때문이오. 나 때문에 그렇게 달아나다가 돌에 걸려 넘어져 다치지나 않을까 염려스럽소. 제발 좀 천천히 달리시오, 나도 천천히 따를 것이니. 나는 어릿광대도 아니고 농사꾼도 아니오. 제우스가 나의 아버지이고, 나는 델포이와 테네도스의 군주요. 그리고 현재의 일과 미래의 일을 다 알고 있소. 나는 노래와 음악의 신이오. 나의 화살은 절대로 표적을 빗나가는 법이 없소. 그러나 아…… 나의 화살보다도 더 치명적인 화살이 나의 가슴을 뚫었소. 나는 의술의 신이고, 모든 약초의 효능을 알고 있소. 그러나 아, 지금 나는 어떤 약으로도 고칠 수 없는 병에 걸렸소.」

다프네는 계속 달아났다. 그래서 그의 말을 절반밖에 듣지 못했다. 달아나는 모습까지도 아폴론을 반하게 만들었다. 그 모습은 바람에 돛이 나부끼는 것 같았고, 뒤로 너풀거리는 머리칼은 흐르는 물 같았다. 아폴론은 구애를 거절당하자 더는 참을 수 없어 더욱 속력을 내어 그녀를 바짝 뒤쫓았다. 마치 사냥개가 토끼를 추격하는 것 같았다. 추격하는 아폴론이 더 빨랐기 때문에 차츰 아폴론과 다프네의 간격이 좁아졌고, 아폴론의 헐떡거리는 숨소리가 그녀의 귓가에 닿았다. 다프네의 힘은 점점 약해졌다. 그리고 마침내 쓰러지게 되자, 그녀는 아버지인 강의 신에게 호소했다.

「아버지, 살려 주세요. 땅을 열어 저를 숨겨 주세요. 아니면 이 모습 때문에 제가 이런 무서운 일을 당하고 있으니 제 모습을 바꾸어 주세요.」

다프네가 말을 마치자마자, 그녀의 몸은 굳어지고, 가슴은 부드러운 나무껍질로 싸였으며, 머리카락은 나뭇잎이 되고, 팔은 가지가 되었다. 그리고 그 다리는 뿌리가 되어 땅 속 깊숙이 박혔다. 얼굴은 가지 끝이 되어 모양은 달라졌으나 그 아름다움만은 여전했다.

아폴론은 깜짝 놀라 그 자리에 멈춰 섰다. 가지를 만져 보니 새로운 나무껍질 밑에서 그녀의 몸이 떨고 있었다. 그는 가지를 끌어안고 힘껏 키스를 하려고 했다. 그러나 그녀는 그의 입술을 피했다. 아폴론이 말했다.

「이제 당신은 내 아내가 될 수 없게 되었소. 그 대신 당신을 내 왕관으로 쓰겠소. 나는 그대를 가지고 나의 리라와 화살통을 장식하겠소. 그리고 위대한 로마의 장군들이 카피톨리움 언덕으로 개선 행진을 할 때, 나는 그들의 이마에 그대의 잎으로 엮은 관을 씌워 주리다. 또 영원한 젊음이야말로 내가 주재하는 것이므로, 그대를 항상 푸르게, 그 잎이 시들지 않도록 해 주리다.」

월계수로 모습이 변해 버린 그녀는 가지 끝을 숙여 감사의 뜻을 나타냈다.

피라모스와 티스베

　세미라미스 여왕이 통치하는 바빌로니아 안에서 가장 아름다운 청년은 피라모스였고, 누구보다도 아름다운 처녀는 티스베였다. 두 사람의 부모가 이웃하여 살고 있었기 때문에 이들은 자주 왕래하였다. 그러다 마침내는 사랑하게 되어 결혼하고 싶어했으나, 부모들이 승낙하지 않았다. 그러나 부모들도 그들의 가슴에 타오르는 사랑을 막을 수는 없었다. 두 사람은 몸짓이나 눈짓으로 속삭였는데, 남모르는 사랑은 더욱 강렬하게 타올랐다.

　두 집 사이의 벽에는 그것을 처음 만들 때 실수로 인해 틈이 있었다. 이제까지 아무도 그것을 발견하지 못했으나, 이 연인들은 그 틈을 발견했다. 두 사람은 그 틈을 이용하여 사랑을 속삭였다.

　「무정한 벽이여, 왜 그대는 우리 두 사람을 떼어놓는가. 그러나 우리는 결코 그대의 은혜를 잊지 않으리라. 우리가 이렇게 사랑의 속삭임을 주고받을 수 있는 것도 다 그대의 덕이니까.」

두 사람은 이런 말을 벽 양쪽에서 속삭였다. 밤이 되어 작별을 하지 않으면 안 될 때에는 각자의 벽에다 입맞춤을 하였다.

날이 새어 새벽의 여신 에오스가 별을 쫓아 버리고 태양이 풀밭의 서리를 녹일 무렵이면, 두 사람은 늘 만나던 곳에서 다시 만났다.

그러던 어느 날, 그들은 자기들의 무정한 운명을 한탄한 끝에 마침내 계책을 꾸몄다.

다음날 밤 니노스의 무덤이라고 부르는 유명한 영묘(靈廟)가 있는 곳에서 만나기로 하고, 먼저 도착한 사람이 나무 밑에서 나중에 오는 사람을 기다리기로 했다. 그 나무는 뽕나무로, 시원한 샘 옆에 있었다.

밤이 되자 티스베는 얼굴을 베일로 가리고 가족들의 눈을 피해 약속 장소로 갔다. 그녀가 어둠 속에 앉아 있을 때 사자가 나타났다. 사자는 방금 전에 무엇인가를 잡아먹었는지 입에서 지독한 냄새를 풍기며 물을 마시려고 샘 가까이 다가왔다. 그것을 보자 티스베는 바위 틈으로 몸을 숨겼다. 그 바람에 쓰고 있던 베일이 땅에 떨어지고 말았다. 물을 다 마신 사자는 숲 속으로 돌아가려다 땅 위에 떨어져 있는 베일을 발견하고는 피 묻은 입으로 그것을 갈기갈기 찢어 버렸다.

조금 늦게 약속한 장소에 나타난 피라모스는 사자의 발자국과 갈가리 찢어진 베일을 보고 울부짖었다.

「오, 티스베, 나 때문에 그대가 죽다니! 나도 그대의 뒤를 따르리다. 오라, 사자들아, 바위 속에서 나와 이 죄 많은 놈을 물어뜯어라.」

피라모스는 베일을 손에 든 채 무수한 키스와 눈물로 약속 장소에 서 있는 나무를 적셨다.

「내 피로 네 몸을 물들이리라.」

그는 칼을 빼어 자기 가슴을 찔렀다. 피가 땅 위에 흘러 뽕나무 뿌리에 미쳤고, 그 붉은빛은 줄기를 타고 열매에까지 올라가 하얀 열매를 붉게 물들였다.

그때까지 바위 틈에 숨어 공포에 떨고 있던 티스베가 약속 장소로 돌아왔을 때 피라모스는 이미 빈사 상태에 놓여 있었다. 그녀는 그를 얼싸안고 상처에 눈물을 쏟으며 싸늘한 입술에 수없이 키스를 퍼부었다.

「오, 피라모스, 이게 어찌 된 일입니까! 말 좀 하세요, 피라모스. 당신의 티스베가 이렇게 외치고 있어요. 오오, 제발 그 머리를 들어 줘요!」

피라모스는 티스베라는 말에 눈을 떴으나, 이내 도로 감아 버렸다. 티스베는 피 묻은 자기 베일과 칼이 없는 칼집을 발견하고 말했다.

「당신은 나 때문에 자살을 하셨군요. 이번만은 나도 용기가 있어요. 내 사랑도 당신의 사랑 못지않아요. 나도 당신 뒤를 따르겠어요. 죽음이 당신과 나 사이를 갈라 놓았으나, 그 죽음도 결코 내가 당신 곁으로 가는 것을 막지는 못할 거예요. 오, 우리들의 불행한 부모님, 우리의 청을 물리치지 마소서. 사랑과 죽음이 우리를 결합시켰으니 한 무덤에 묻어 주시옵소서. 그리고 뽕나무야, 너는 우리들의 죽음을 기념해 다오. 너의 열매는 우리 피의 기념이 되어 다오.」

그리고 티스베는 자기 가슴에 칼을 꽂았다.

티스베의 부모는 딸의 소원을 들어 주었고, 신들도 또한 그것을 옳다고 여겼다. 그리하여 두 사람은 한 무덤에 묻혔고, 그날 이후 뽕나무는 새빨간 열매를 맺게 되었다.

케팔로스와 프로크리스

케팔로스는 아름답고 용감한 청년으로 사냥을 좋아했다. 그는 해가 뜨기 전에 일어나서 짐승을 추격했다.

새벽의 여신 에오스는 이 젊은이를 보는 순간 사랑하게 되어 마침내 그를 납치해 버렸다. 그러나 케팔로스에게는 결혼한 지 얼마 안 된 아름다운 아내가 있었다. 그 두 사람은 열렬하게 사랑하고 있었다.

아내의 이름은 프로크리스로, 그녀는 수렵의 여신 아르테미스의 총애를 받았다. 여신은 그녀에게 어떤 개보다도 빨리 달리는 개 한 마리와 그 표적을 틀림없이 맞히는 창을 선물로 주었는데, 프로크리스는 이 선물을 남편에게 주었다.

케팔로스는 아내를 매우 사랑하고 있었기 때문에 에오스의 간청을 받아들이지 않았다. 그러자 에오스는 노하여 그를 놓아 주며 말했다.

「가거라, 이 배은망덕한 놈아! 그러나 반드시 돌아간 것을 후회할 때가 올 것이다.」

케팔로스는 집으로 돌아와 전과 같이 사냥을 즐기며 아내와 더불어 행복한 생활을 누렸다. 그런데 어느 신이 그 나라를 괴롭히기 위해 굶주린 여우 한 마리를 보냈다. 사냥꾼들은 있는 힘을 다해서 여우를 잡으려고 했으나 허사였다. 그 여우를 잡을 수 있는 개가 한 마리도 없었던 것이다. 마침내 사냥꾼들은 케팔로스를 찾아가 그 유명한 개를 빌려 달라고 부탁하였다. 개의 이름은 렐랍스였다.

여우가 달아난 지 한참 뒤에 그 개를 풀어 놓았으나, 어느 틈에 여우를 따라잡았다. 만일 모래 속에 그 발자국이 남아 있지 않았더라면 사냥꾼들은 개가 도망친 줄 알았을 것이다. 케팔로스를 비롯한 사람들은 언덕 위에 서서 승부를 지켜보고 있었다. 여우는 여러 가지 재주를 부렸다. 원을 그리며 달리기도 하고, 발자국을 돌리기도 했기 때문에, 개가 턱을 쳐들고 바싹 쫓아가면서 여우의 뒷다리를 물려고 해도 헛되이 허공만 물 뿐이었다. 케팔로스가 드디어 아르테미스한테서 얻은 창을 던지려는 순간, 별안간 개는 싸움을 멈추고 말았다. 개와 여우를 내려 준 하늘의 힘은, 누구건 한쪽이 이기는 것을 원하지 않았던 것이다. 그래서 움직이던 그대로 두 짐승은 돌로 변해 버렸다. 개가 물려고 하는데 여우가 달아나려 하고 있는 것처럼 생동감 넘치는 모습을 하고 말이다.

케팔로스는 개를 잃었지만 사냥을 계속했다. 그는 아침 일찍 집을 떠나, 어떤 개의 도움도 없이 혼자서 숲과 언덕을 돌아다녔다. 그가 던지는 창은 어떤 경우에도 표적을 벗어나지 않았으므로, 개를 데리고 갈 필요도 없었던 것이다.

그는 아침 일찍 집을 나와, 사냥에 지치거나 해가 중천에 떠오르면 냇가에 있는 시원한 나무 그늘을 찾았다. 그리고 윗옷을 벗고 풀 위에 누워 감미로운 바람을 즐기며 이렇게 외치곤 했다.

「오라, 미풍아, 와서 내 가슴에 부채질을 해 다오. 오라, 와서 나를 불태우는 열을 식혀 다오.」

그런데 어느 날 어떤 사람이 그곳을 지나다가 케팔로스가 미풍을 향해 이야기하는 것을 듣고, 어리석게도 어떤 처녀와 이야기하는 줄 알고 이 비밀을 프로크리스에게 가서 전했다.

사랑이란 속기 쉬운 법이다. 프로크리스는 이 뜻하지 않은 이야기를 듣고 기절해 버렸다. 한참 만에 깨어난 그녀는 이렇게 말했다.

「그럴 리가 없어. 내 눈으로 직접 확인하기 전에는 믿지 않겠어.」

그리하여 프로크리스는 다음날 아침 몰래 케팔로스의 뒤를 쫓아갔다.

케팔로스는 사냥에 지치자 버릇대로 풀 위에 드러누워 말했다.

「오라, 미풍아, 와서 나에게 부채질을 해 다오. 내가 얼마나 너를 사랑하는지 너도 잘 알지. 네가 있기 때문에 숲도, 나의 외로운 사냥도 즐겁단다.」

그때 숲 속에서 흐느끼는 소리가 어렴풋이 들려 왔다. 순간, 야수로 생각한 케팔로스는 소리 나는 곳을 향해 창을 힘껏 던졌다. 그러자 사랑하는 프로크리스의 외마디소리가 들려 왔다. 케팔로스는 숲 속으로 달려가 그녀를 안아 일으키며 출혈을 막으려고 했다.

그는 소리쳤다.

「정신 차려요! 나를 두고 어디로 간단 말이오. 당신을 잃으면 나는 가여운 신세가 될 거요. 죽음으로써 나를 벌하지 마오.」

그러자 프로크리스는 살며시 눈을 뜨고 가까스로 말했다.

「여보, 당신이 나를 사랑한 일이 있었다면, 그리고 만일 내가 당신의 사랑을 받을 만한 가치가 있었다면 제발 이 마지막 소원을 들어 주세요. 그 얄미운 미풍하고는 결혼하지 말아 주세요.」

이 말에 의해 모든 의심이 풀렸다. 그렇지만 피라모스가 변명을 하기도 전에 프로크리스는 죽고 말았다.

헤라와 이오

하늘의 여왕 헤라는 어느 날 갑자기 날이 어두워지는 것을 보고, 필시 남편 제우스가 세상에 알려지기 원하지 않는 소행을 저지르고 있으면서 그것을 감추기 위해 구름을 일으켰다고 생각했다. 헤라가 구름을 헤치고 보니, 남편이 풀이 무성한 강가에서 예쁜 암송아지 한 마리와 나란히 서 있었다. 헤라는 그 암송아지 속에 분명히 인간의 모습을 한 아름다운 님프가 숨어 있을 것이라고 생각하였다. 그것은 사실이었다. 암송아지는 강의 신 이나코스의 딸 이오였던 것이다. 제우스는 이오를 희롱하다가 헤라가 가까이 오는 것을 보자 얼른 암송아지로 변신시켰던 것이다.

헤라는 남편 곁에 가서 암송아지를 찬찬히 보면서 매우 아름답다고 칭찬하였다. 그리고 대체 어떤 동물이냐고 물었다. 제우스는 쓸데없는 질문을 막기 위해, 이번에 지상에 새로 태어난 것이라고 대답했다. 그러자 헤라는 그것을 자기에게 선물하라고 간청했다.

제우스는 당황하지 않을 수 없었다. 자기의 연인을 아내에게 주기는 싫었지만 그렇다고 못 준다고 하면 의심을 받을 것 같아 어쩔 수 없이 승낙했다. 헤라는 아직 의심을 풀지 못하였으므로, 송아지를 아르고스에게 인도하여 엄중히 감시하도록 했다.

아르고스는 머리에 눈을 백 개나 달고 있었다. 그리고 잘 때는 언제나 동시에 두 개 이상의 눈을 감지 않았으므로, 이오를 끊임없이 감시할 수 있었다. 아르고스는 낮에는 이오를 마음대로 먹도록 내버려두고, 밤이 되면 목에 끈을 매어두었다.

이오는 팔을 내밀어 아르고스에게 결박을 풀어 달라고 애원하려 했으나 내밀 팔이 없었고, 목소리도 소의 울음소리가 나왔다. 이오가 아버지와 자매들을 보고 그 곁으로 가면 그들은 등을 쓰다듬으며 아름다운 소라고 감탄할 뿐이었다. 아버지가 한 다발의 풀을 주자, 이오는 그의 손을 핥았다. 이오는 자기가 누구인지 알리려고 하였으나, 말을 할 수가 없었다. 마침내 이오는 글씨를 쓸 생각을 하고 이름을——그것은 짧은 이름이었다——모래 위에 발굽으로 썼다. 아버지 이나코스가 그것을 알아보았다. 그는 오랫동안 찾지 못했던 딸이 그렇게 변한 것을 알고, 몹시 애통해하며 딸의 목을 끌어안았다.

「오, 내 딸아, 이런 고통을 받을 바엔 차라리 너를 잃는 편이 나을 것 같구나.」

이나코스가 울며 슬퍼하고 있는 것을 보고 아르고스가 곧 달려와서 이오를 몰고 갔다. 그리고는 높은 언덕에 올라앉아 사방으로 눈을 굴렸다.

제우스는 애인이 고통당하는 것을 보자, 헤르메스를 불러 아르고스를 죽이라고 명령하였다. 헤르메스는 날개 달린 신을 신고, 머리에는 투구를 쓰고, 손에는 잠이 오게 하는 지팡이를 들고 하늘에서 땅을 향해 뛰어내려갔다. 지상에 내린 그는, 날개를 떼어 내고 지팡이만 손에 든 채 양 떼를 모는 양치기로 변장했다. 그리고 양을 몰면서 시링크스(판)라고 하는 피리를 불었다. 아르고스는 처음 들어 보는 악기 소리가 즐거운 듯이 말했다.

「젊은이, 이리 와서 앉게. 이 부근은 양이 풀을 뜯기에는 아주 좋은 곳일세. 게다가 이곳엔 자네 같은 양치기들이 즐기는 좋은 그늘도 있다네.」

헤르메스는 아르고스의 곁에 앉아 이런저런 이야기를 하다가, 날이 어두워지자 피리로 은은한 곡을 연주하면서 아르고스를 잠들게 하려고 애썼다. 아르고스는 대부분의 눈을 감았으나, 그 중 몇 개는 여전히 크게 뜨고 있었다. 헤르메스는 아르고스에게 자기가 불고 있는 시링크스가 어떻게 세상에 나오게 되었는지 이야기했다.

「옛날에 시링크스라는 님프가 있었는데, 사티로스와 숲의 요정들로부터 매우 사랑을 받았습니다. 그러나 시링크스는 어느 누구의 사랑도 받아들이려 하지 않고 아르테미스 여신만을 마음속으로 숭배하면서 사냥을 하고 있었습니다. 사냥 옷을 몸에 걸친 시링크스의 모습은 아르테미스와 맞먹을 정도로 아름다웠지요. 다만 다른 점은, 시링크스의 활은 뿔로 되어 있었으나 아르테미스의 활은 은으로 되어 있었다는 것뿐이었습니다. 어느 날 시링크스는 사냥에서 돌아오다가 판을 만났는데, 판은 그녀를 온갖 말로 유혹하기 시작했습니다. 시링크스는 그의 유혹에는 귀도 기울이지 않고 달아났습니다. 판은 시냇가에서 제방까지 시링크스의 뒤를 쫓아, 마침내 그녀를 붙잡았습니다. 다급해진 시링크스는 친구인 물의 님프들에게 구원을 청했습니다. 님프들은 외치는 소리를 듣고 곧 그녀를 구해 주었습니다. 판의 팔이 시링크스의 목을 끌어안는 순간 그것은 한 묶음의 갈대로 변했습니다. 그가 탄식을 하자, 그 탄식은 갈대 속에서 울리며 슬픈 멜로디를 냈습니다. 판은 그 음악의 신기함과 감미로움에 반해서 말했습니다.

'이렇게 된 이상 어떻게든 너를 내 것으로 만들겠다.'

그리고 판은 몇 개의 갈대를 잘라서 피리를 만들었습니다. 그리고 님프의 이름을 따서 시링크스라는 이름을 붙였습니다.」

헤르메스의 이야기가 다 끝나기도 전에 아르고스의 눈이 전부 감겼다. 그것을 보고 헤르메스는 한 칼에 그의 목을 베었다. 아르고스의 머리가 바위 위로 굴러 떨어지자, 불운한 백 개의 눈은 일시에 빛을 잃었다. 헤라는 이 눈들을 빼어 자기 공작의 꼬리에 장식으로 달았다. 그래서 오늘에 이르기까지 그 눈들은 공작의 꼬리에 달려 있게 된 것이다.

하지만 헤라는 끈질기게 복수를 계속했다. 그녀는 이오를 괴롭히기 위해 등에 한 마리를 보냈다. 등에가 이오를 추적하며 온 세계를 날아다니자, 이오는 이오니아 해를 헤엄쳐 도망쳤는데, 이 바다의 이름은 이오의 이름을 따서 붙인 것이다. 이오는 일리리아의 들을 방황하다 하이모스의 산에 오르고, 트라기아 해협을 횡단하고——그 때문에 이 해협은 보스포로스('소가 건넜다'는 뜻)라고 부르게 됐다——다시 스키타이를 지나 킴메르 인이 사는 나라를 떠돌았다. 그러다 마침내 나일 강 기슭에 도착하게 되었다. 이때 제우스가 헤라에게 앞으로는 이오와 관계를 끊겠다고 약속하였으므로, 헤라도 이오를 원래의 모습으로 만드는 것을 승낙하였다.

이오가 인간의 모습으로 돌아가는 과정은 참으로 신기했다. 몸에서 거친 털이 빠지고 뿔이 사라지고 눈이 점점 가늘어지고 입도 작아졌다. 그리고 앞발의 발굽 대신 손과 손가락이 나타났다. 이리하여 마침내 암송아지의 모습은 사라지고 인간의 아름다움만 남게 되었다. 이오는 처음에는 소의 울음소리가 날 것 같아 말하기를 꺼렸으나, 점점 자신을 갖고 아버지와 자매들이 있는 곳으로 돌아갔다.

아르테미스와 악타이온

해가 중천에 떠 있을 때의 일이었다. 카드모스 왕의 아들인 악타이온이 산에서 함께 사슴 사냥을 하고 있던 친구들에게 말했다.

「여보게들, 우리 그물과 무기는 이미 사냥감의 피에 젖어 있네. 오늘의 사냥거리는 이만하면 충분하니 내일 사냥을 계속하세. 자, 태양의 신이 땅을 말리고 있는 동안 우리는 잠시 쉬기로 하세.」

그 산에는 사이프러스나무와 소나무가 우거진 골짜기가 있었는데, 그 골짜기는 사냥의 여신 아르테미스의 소유였다. 골짜기의 가장 깊은 곳에 있는 동굴 한쪽에서는 샘물이 솟아나고, 맑은 샘 주위에는 풀이 우거져 있었다. 숲의 여신 아르테미스는 사냥에 지치면 그곳으로 가서 반짝이는 물로 그 순결한 몸을 씻곤 했다.

이 샘을 찾은 아르테미스가 님프들의 도움을 받으며 단장을 하고 있었다. 그때 마침 악타이온이 동굴 앞을 지나게 되었다. 그가 동굴 입구에 모습을 나타내자 님프들은 재빨리 여신의 나체를 가렸다. 그러나 여신은 님프보다 키가 컸기 때문에 머리가 위로 나왔다. 여신은 얼굴을 붉게 물들이며 화살을 찾았다. 화살이 근처에 없음을 알자, 여신은 이 침입자의 얼굴에 물을 끼얹으면서 말했다.

「가서 아르테미스의 나체를 보았다고 말할 수 있으면 말해 보아라.」

그 순간, 악타이온의 머리에 한 쌍의 뿔이 돋아났다. 게다가 목은 아주 길어지고, 몸은 짐승 가죽으로 뒤덮여 버렸다. 사슴으로 변한 것이다.

사슴이 된 악타이온이 숲 속에 있어야 할지 집으로 돌아가야 할지 몰라 망설이고 있는 동안 사냥개들이 그를 발견하고 쫓아왔다.

그는 '나는 악타이온이다. 너의 주인을 모르느냐!' 하고 부르짖고 싶었으나 말이 나오지 않았다.

별안간 개 한 마리가 악타이온의 등으로 뛰어오르고, 다른 한 마리가 어깨를 짓눌렀다. 이리하여 두 마리가 주인을 붙잡고 있는 동안, 다른 개 떼가 달려와서 주인을 물어뜯었다. 악타이온은 신음하였다——그렇지만 사람의 목소리가 아니었다. 그렇다고 완전한 숫사슴의 소리도 아니었다——그리고 무릎을 꿇으면서 눈을 들었다. 만일 팔이 있었다면 악타이온은 그 팔을 들어 애원하였을 것이다.

그런 줄도 모르는 그의 친구들과 동료 사냥꾼들은 개들을 독려하며, 함께 사냥을 하자면서 악타이온을 불러댔다.

악타이온은 자기 이름을 부르는 소리가 나는 쪽으로 고개를 돌렸다. 사람들은 악타이온이 멀리 있는 모양이라면서 아쉬워하였다. 악타이온은 진심으로, 자기도 여기 있었으면 좋았을 것이라고 생각하였다. 그

랬더라면 그는 자기 개들이 세운 공에 대해 기뻐했을 것이다. 개들은 악타이온을 에워싸고 사정없이 물어뜯었다. 그가 갈기갈기 찢겨 목숨이 끊어질 때까지 아르테미스의 분노는 풀리지 않았다.

파에톤

파에톤은 아폴론과 님프인 클리메네 사이에서 태어난 아들이다. 어느 날 친구가 파에톤에게 네가 정말 아폴론의 아들이냐고 비웃자, 화가 난 파에톤은 집으로 돌아가 어머니에게 그 이야기를 하고 이렇게 말했다.

「만일 제가 정말 신의 아들이라면, 그 증거를 보여 주십시오.」

클리메네는 하늘을 향해 손을 들고 말했다.

「내 말에 대한 증인으로 저 태양을 내세우겠다. 가서 태양신에게 너를 자기의 아들로 인정하느냐고 물어 보아라. 만일 사실이 아니라면, 나는 앞으로 다시는 태양빛을 보지 못해도 괜찮다.」

파에톤은 이 말을 듣자 기뻐하며 해 뜨는 나라 인도를 향해 길을 떠났다.

태양신의 궁전은 원주 위에 높이 솟아올라 황금과 보석으로 찬란하게 빛나고 있었다. 천장은 상아로, 그리고 문은 은으로 되어 있었다. 벽에는 헤파이스토스가 하늘과 땅, 바다와 그 주민들을 새겨 놓았는데, 땅에는 마을과 숲, 그리고 전원의 신들이 새겨 있으며, 바다에는 님프들이 놀고 있었다. 이 모든 것 위에는 천계(天界)의 모습이 새겨 있었고, 은으로 된 문에는 양쪽에 여섯 개씩, 12궁(宮)의 별자리가 조각되어 있었다.

파에톤은 험한 오르막길을 지나 아버지가 있는 곳으로 갔는데, 빛이 너무 강해서 가까이 다가갈 수 없었다. 아폴론은 자줏빛 옷을 입고, 금강석으로 만든 듯한 왕좌에 앉아 있었다. 그리고 그 좌우에는 날〔日〕의 신과 달〔月〕의 신과 해〔年〕의 신이 서 있었고, 또 일정한 간격을 두고 때〔時〕의 신들이 서 있었다. 봄의 여신은 머리에 화관을 쓰고 있었고, 여름의 신은 옷을 벗은 채 곡식 줄기로 만든 관을 쓰고 있었으며, 가을의 신은 발이 포도즙으로 물들어 있었고(커다란 통에 포도를 넣고 맨발로 밟아서 만들기 때문임), 겨울의 신은 흰 서리로 인해 머리카락이 딱딱해져 있었다.

이런 여러 신들에게 둘러싸인 아폴론은 전 우주를 내려다볼 수 있는 눈을 가지고 있었기 때문에, 이 진기하고 화려한 모습에 넋을 잃고 있는 젊은이를 발견하고 대체 무슨 일로 왔느냐고 물었다.

파에톤은 대답했다.

「오, 끝없는 세계의 빛이여, 해의 신이여, 나의 아버지시여——만일 당신이 나의 아버지라면——부디 제가 당신의 아들이라는 증거를 보여주십시오.」

그러자 아폴론은 머리에 쓰고 있던 빛나는 관을 벗어 옆에 놓고 파에톤에게 가까이 오라고 했다. 그리고는 그를 안으면서 말했다.

「내 아들아, 네 어머니가 말한 대로 너는 분명히 내 아들이다. 너의 의심이 풀리도록 네가 원하는 것은 무엇이든지 선물로 줄 테니 말해 보아라. 우리 신들이 가장 엄숙한 약속을 할 때 내세우는 저 무서운 강(저 승을 흐르는 스틱스 강을 가리킴)을 증인으로 세워 맹세하마.」

파에톤은 태양의 이륜차를 하루만이라도 좋으니 부리게 해 달라고 하였다. 그러자 아폴론은 약속한 것을 후회하며 말했다.

「그 청만은 들어 줄 수가 없구나. 너는 인간이기 때문에 그 차를 부릴 수가 없단다. 나 이외에 그 어떤 신도 태양의 이륜차를 탈 수 없다. 무서운 오른팔로 번개를 던지는 제우스도 그 일만은 불가능하다. 그 차가 가는 길은 매우 위험하다. 무시무시한 괴물들 속을 지나야 하고, 활을 든 반인 반마(半人半馬)의 괴물 앞도 지나야 하며, 사자궁 턱 가까이에 가기도 하고, 전갈이 팔을 뻗치고 게가 팔을 밖으로 구부리고 있는 곳도 지나야 한다. 또한 이륜차를 끌고 가는 말들도 입과 콧구멍으로 내뿜는 불이 가슴을 가득 채우고 있기 때문에 몰고 가기가 여간 어렵지 않다. 만약 이륜차를 타게 되면 네 생명이 위태롭게 될지도 모른다. 아직 늦지 않았으니, 그 부탁을 취소해라. 네가 내 아들이라는 증거를 보여 달라고 한다면, 내가 너를 위해 걱정하는 것이 바로 그 증거다.」

아무리 타일러도 파에톤이 막무가내로 말을 듣지 않자, 아폴론은 하는 수 없이 태양의 이륜차가 놓여 있는 곳으로 그를 데리고 갔다.

그 이륜차는 헤파이스토스가 선물한, 은으로 된 바퀴 외에는 모두 금으로 만들어져 있었다.

아폴론은 동녘이 차츰 붉어지고 달의 여신이 숨으려 하는 것을 보자, 시간의 신들에게 명령하여 말들에게 마구(馬具)를 지우게 하였다. 그리고 아들의 얼굴에 화염을 견딜 수 있도록 영약을 발라 주고, 벗어 놓았던 빛의 관을 머리에 다시 쓰고 근심스러운 얼굴로 말했다.

「내 아들아, 이 말을 명심해라. 말에게 채찍질을 삼가고 고삐를 꼭 쥐고 있어야 한단다. 그리고 다섯 개의 궤도를 곧장 달리지 말고 왼편으로 비켜 가야 한다. 또한 북극과 남극은 피하고 중간 지대로 지나가야 하며, 하늘과 지구가 다 적당한 열을 받게 하기 위해서는 진로를 너무 높이 잡으면 안 된다. 중간 지대의 길이 가장 안전하고 좋은 길이다. 밤이 서쪽문 밖으로 나가고 있으니 어서 고삐를 잡아라. 만일 자신이 없으면 안전한 곳에서 말을 멈추게 하고 이륜차를 나에게 맡겨라.」

파에톤은 이륜차에 뛰어올라 가슴을 활짝 펴고 의기양양하게 말의 고삐를 잡고 앉았다.

말들은 짐의 무게가 전보다 훨씬 가벼워진 것을 느꼈다. 짐을 싣지 않은 배가 바다 위에서 이리저리 흔들리는 것과 같이, 이륜차도 전과 같은 무게를 느끼지 않았기 때문에 빈 차처럼 덜컹거렸다. 말은 불 같은 숨을 내쉬며 함부로 돌진하였다. 구름을 뚫고 바람을 추월하여, 지나야 할 궤도를 벗어나고 말았다. 맨 먼저 큰곰자리와 작은곰자리가 태양 광선에 그을렸다.

당황한 파에톤의 얼굴은 창백해지고 무릎은 공포로 인해 떨렸다. 그는 아버지의 말을 몰게 된 것을 후회하며, 출발한 곳을 돌아보기도 하고 도착할 것 같지도 않은 해 지는 나라를 쳐다보기도 하였다. 그런데 하늘에 널려 있는 여러 괴물들을 보자, 자제력을 잃고 말의 고삐를 떨어뜨리고 말았다. 고삐가 벗겨지자 말은 쏜살같이 달리기 시작했다. 그러자 구름은 연기를 내기 시작하고, 산꼭대기에서는 불이 났다. 들판은 마르고, 식물은 시들고, 무성한 수목과 추수한 곡식은 모두 타 버렸다. 그러나 이것은 아무것도 아니었다. 큰 도시들이 순식간에 성곽과 탑과 함께 소실되었고, 사람들은 재가 되어 버렸다.

파에톤은 온 세계가 불바다가 된 것을 보았고, 자신도 그 열기로 인해 견딜 수 없을 정도가 되었다. 그가 호흡하는 공기는 커다란 용광로에서 뿜어 내는 열기처럼 뜨거웠고, 사방은 재로 가득 찼다. 그는 정처 없이 달아났다. 에티오피아 인들은 이때 뜨거운 열이 갑자기 살갗 표면을 짓눌렀기 때문에 피부색이 검어졌으며, 리비아 사막도 열 때문에 모두 말라 버려 오늘날과 같은 상태가 된 것이다. 강도 모두 말라 버렸는데, 나일강은 달아나 사막 속에 그 머리를 숨겼기 때문에 지금도 거기에 숨어 있다. 바다는 오그라들고 땅은 갈라졌다.

대지의 여신은 제우스에게 호소했다.

「아아, 신들의 주인이시여, 내가 이 불에 타 죽는 것이 당신의 뜻이라면, 어째서 당신의 천둥 번개로 죽여 주시지 않는 것입니까? 차라리 당신 손에 죽는 게 나을 것입니다. 나는 여러 가지 생산물을 생산해 냈으며 내가 해야 할 일들을 충실히 이행하였는데, 왜 이런 벌을 받아야만 하는 것입니까? 나는 가축에게는 풀을 주었고, 인간에게는 곡식을 주었습니다. 그리고 당신의 제단에는 유향을 바쳤는데, 그 보상이 바로 이것입니까? 만일 바다와 땅과 하늘이 멸망하면, 우리는 다시 옛날의 혼돈 시대로 돌아가지 않으면 안 됩니다. 아직 불길이 닿지 않은 곳만이라도 구해 주십시오.」

땅의 여신은 뜨거운데다가 목이 말라 더 이상 말을 계속할 수가 없었다. 그러자 전능의 신 제우스가 모든 신들(그 속에는 파에톤에게 이륜차를 빌려 준 아폴론도 있었다)을 불러 모았다. 제우스는 어떻게든 빨리 구조를 하지 않으면 온 세상이 불타 버리고 만다면서 높은 탑으로 올라갔다. 제우스가 항상 그 위에서 지상으로 구름을 흩뜨리면서 번갯불을 던지는 곳이었다. 하지만 이때는 이미 땅 위를 덮을 만한 구름도 없고, 소나기도 완전히 증발해 버리고 없었다. 제우스가 우레소리를 일으키며 오른손으로 번갯불을 휘두르다가 이륜차의 마부를 겨냥하여 던지자, 수레는 금방 박살이 나고 말았다.

파에톤은 머리카락에 불이 붙은 채 거꾸로 떨어졌다. 공중에 빛나는 줄을 그으면서 추락하는 그의 모습은 마치 유성 같았다. 에리다노스 강은 떨어져 내려온 파에톤을 받아 불타는 몸을 식혀 주었고, 이탈리아의 나이아스(물의 님프)들은 그를 위해서 무덤을 하나 만들고, 그 위에 이런 말을 적었다.

아폴론의 아들 파에톤은
아버지의 이륜차를 몰다가
제우스의 번갯불에 맞아 이 돌 밑에 잠들었다.
아폴론의 이륜차는 몰지 못하였지만
그 뜻만은 장하도다.

파에톤의 누이 헬리아데스는 그의 운명을 슬퍼한 나머지 강가에서 포플러로 변했다. 그리고 끊임없이 흘러나오는 그 눈물은 강에 떨어져 보석이 되었다.

미다스 왕

디오니소스의 어릴 때 스승이며 양부인 실레노스가 행방 불명이 되었다. 그 노인이 술에 취해 방황하고 있는 것을 농부들이 발견하고 미다스 왕에게 끌고 갔다. 미다스는 그 노인이 실레노스임을 알자 따뜻이 맞아들여 열흘에 걸쳐 밤낮을 가리지 않고 주연을 베풀어 대접했다.

열하루 만에 미다스는 실레노스를 무사히 그의 제자 디오니소스에게 보냈다. 디오니소스는 그에 대한 답례로서 무엇이든 원하는 것을 말하라고 했다. 그러자 미다스는 자기가 만지는 것은 무엇이든 황금으로 변하게 해 달라고 청했다. 디오니소스는 미다스가 더 좋은 선택을 하지 않은 것을 유감으로 생각하였지만 이를 승낙하였다.

미다스는 새로운 힘을 얻은 것을 크게 기뻐하며, 바로 그 힘을 시험해 보았다. 참나무 가지를 꺾자 그것이 황금 가지로 변했고, 돌을 주워들자 그것도 황금으로 변했다. 잔디를 만지자 그것도 마찬가지였다.

사과나무에서 사과를 따자, 그것은 마치 헤스페리데스의 화원(이 화원에는 헤라가 제우스와 결혼할 때 땅의 여신으로부터 선물받은 황금사과가 열리는 나무가 심어져 있음)에서 훔쳐 온 것이 아닌가 의심이 될 정도였다.

미다스는 너무나 기쁜 나머지 집에 돌아오자마자 하인들에게 맛있는 음식을 장만하라고 분부하였다.

그런데 그가 빵을 만지자 빵은 곧 그의 손 안에서 단단해졌다. 또다른 음식들도 그의 입으로 가져가기만 하면 곧 굳어져서 이가 들어가지 않게 되었다. 그는 포도주를 마셨다. 그러나 그것 역시 마치 황금 녹은 물처럼 되어 목구멍을 내려갔다.

미다스는 몹시 놀라서 그 신비한 힘으로부터 벗어나려 했다. 그리고 조금 전까지만 해도 그토록 원했던 그 힘을 저주하기 시작했다. 그러나 아무리 저주해도, 무엇을 하려 해도 허사였다. 그는 굶어 죽을 수밖에 없을 것 같았다.

미다스는 금으로 빛나는 양팔을 들고 이 황금의 멸망으로부터 구원해 주십사 하고 디오니소스에게 애원했다. 자비로운 디오니소스는 미다스의 소원을 듣고 말했다.

「곽타로스 강 상류로 거슬러올라가 그곳에 머리와 몸을 담가라. 그리고 네가 범한 과오와 그에 대한 벌을 씻어라.」

미다스는 디오니소스가 일러 준 대로 하였다. 그가 강물에 손을 담그자 황금을 창조하는 힘은 물 속으로 사라졌다. 그리고 그때 모래가 황금으로 변했는데, 그 황금 모래는 오늘날에도 그대로 남아 있다.

그후로 미다스는 부와 영화를 싫어하게 되었고, 시골에 살면서 들의 신인 판의 숭배자가 되었다.

어느 날, 판은 대담하게도 아폴론에게 리라 시합을 하자고 도전장을 내었다. 아폴론은 이 도전에 응하고, 산신(山神)인 트몰로스가 심판자로 선정되었다. 심판석에 앉은 트몰로스는 잘 듣기 위해서 귀에 있는 수목을 제거했다. 신호가 떨어지자, 먼저 판이 피리를 불었다. 그러자 그 꾸밈없는 멜로디는 그 자신과, 마침 그곳에 앉아 있던 그의 충실한 신자 미다스를 감동시켰다.

다음은 아폴론의 차례였다. 아폴론은 이마에는 파르나소스 산의 월계수로 만든 관을 쓰고, 티로스 지방에서 나는 자줏빛 염료로 물들인 지면을 스치는 옷을 걸치고, 왼손에는 리라를 들고 오른손으로 그 현을 뜯었다. 아폴론의 리라 소리에 황홀해진 트몰로스가 즉석에서 아폴론의 승리를 선언하자, 모두 이 판정에 만족했으나 미다스만은 이의를 제기하고 심판의 정당성을 의심했다. 아폴론은 이런 미다스의 귀를 인간의 귀의 형태로 두어서는 안 되겠다고 생각하여 당나귀 귀처럼 만들어 버렸다.

미다스 왕은 이 재난으로 기분이 몹시 상했으나, 그것을 숨길 방법이 있다고 생각하고 스스로를 달랬다. 즉, 머리에 넓은 수건을 써서 귀를 감추었던 것이다. 아무도 그 사실을 몰랐으나 그의 이발사만은 미다스 왕의 비밀을 알고 있었다. 이 사실을 말하고 싶어 견딜 수가 없게 된 이발사는 갈대밭으로 들어가 구덩이를 파고, 그 위에 몸을 구부려 비밀을 속삭이고 다시 흙으로 덮었다.

그후 얼마 가지 않아 바람이 불면 갈대들이 이 비밀을 속삭이기 시작하더니, 이후 오늘날까지도 미풍이 그 위를 스치고 지나갈 때마다 계속 속삭이고 있다.

페르세포네

제우스와 그의 형제들이 티탄 신족을 쳐부수고 그들을 지옥으로 추방해 버리자, 또 새로운 적이 신들에게 반항하며 일어났다. 그들은 티폰, 브리아레오스, 엔켈라도스 등의 거인족이었다. 그들 가운데 어떤 자는 백 개의 팔을 가지고 있었고, 어떤 자는 불을 내뿜기도 했다. 그러나 그들도 마침내는 정복되어 에트나 산 밑에 매장되었는데, 때때로 그들은 그곳에서 도망치려고 몸부림을 쳐서 섬 전체에 지진을 일으켰다. 또한 그들의 숨결은 산을 뚫고 치솟는 일이 있었는데, 이것이 화산의 폭발이다.

이들 거인이 추락할 때 지구를 동요시켜 지옥의 왕인 하데스를 놀라게 하였다. 그는 자기의 왕토가 백일하에 드러나지 않을까 하고 근심하면서, 검은 말이 끄는 이륜차를 타고 피해 정도를 확인하기 위해서 시찰의 길을 떠났다. 그때 에릭스 산 위에 앉아서 아들 에로스와 놀고 있던 아프로디테가 그를 발견하고 말했다.

「내 아들아, 제우스까지도 정복할 수 있는 너의 화살로 저 지옥의 왕의 가슴을 쏘아라. 너와 나의 영토를 넓힐 기회를 놓치지 말아라. 하늘에서조차 우리의 세력을 멸시하는 자가 있는 것을 너는 아느냐? 지혜의 여신 아테나와 수렵의 여신 아르테미스가 우리를 멸시하고 있단다. 그리고 또 케레스의 딸(페르세포네를 가리킴)도 그들의 흉내를 내려고 하였다. 만약 네가 너 자신의 이해나 나의 이해를 소중히 여긴다면, 저 하데스와 페르세포네를 맺어 주어라.」

에로스는 사랑의 화살을 하데스의 가슴에 정통으로 쏘아 맞혔다. 에로스의 화살을 맞은 하데스는 엔나의 골짜기에 있는 호숫가에서 친구들과 꽃을 따며 놀고 있던 페르세포네를 보자 사랑을 느꼈다. 그는 그녀를 납치해 땅 속으로 데리고 갔다.

케레스는 딸의 행방을 찾아 온 세상을 헤맸다. 새벽의 여신 에오스가 동녘에 나왔을 때도, 밤의 신 헤스페로스가 해질녘에 별들을 거느리고 나왔을 때도 케레스는 햇빛과 달빛 그리고 비를 맞아 가며 꼬박 아흐레 동안 길가에 앉아 있었다. 그때 켈레오스라는 노인의 딸이 노파로 변신한 여신의 옆을 지나다 무심코 말하였다.

「어머니, 왜 홀로 앉아 계십니까?」

'어머니'라는 말이 케레스에게는 더할 수 없이 반갑게 들렸다.

들에서 일하다 돌아오던 노인도 무거운 짐을 지고 있었음에도 불구하고 발을 멈추고 오막살이나마 하룻밤 쉬어 가라고 청했다.

케레스는 말했다.

「제발 내버려두세요. 그리고 따님이 있는 것을 행복하게 생각하십시오. 나는 내 딸을 잃었습니다.」

이 말을 듣자, 인정 많은 노인과 그 딸은 케레스를 측은하게 여기며 다시 한 번 말했다.

「우리와 함께 가십시다. 누추한 집이라고 탓하지는 마십시오. 집에 가면 당신의 따님이 무사히 당신 곁으로 돌아왔을지도 모릅니다.」

「그렇게 말씀하시니 거역할 수가 없군요」 하고 케레스는 일어서서 그들을 따라갔다.

어린 아들이 중병을 앓고 있어 온 집안이 수심에 잠겨 있었으나, 소년의 어머니인 메타네이라도 케레스를 따뜻하게 맞았다. 케레스는 허리를 구부리고 앓는 소년에게 키스를 했다. 그러자 소년의 창백한 얼굴에 생기가 돌며 기운을 되찾았다. 소년의 가족은 기뻐하며 식사 준비를 하였다. 그들 모두가 식사를 하고 있는 사이에 케레스는 소년의 우유에 양귀비의 즙을 섞었다. 밤이 되어 온 집안이 잠들었을 때, 케레스는 일어나서 잠자고 있는 소년을 안고 부드럽게 쓰다듬었다. 그리고 소년을 내려다보며 주문을 세 번 외우고 그를 재 속에 눕혔다. 그때까지 케레스의 행동을 주시하고 있던 소년의 어머니는 소리를 지르며 뛰어나와 소년을 재 속에서 끄집어 냈다. 케레스가 여신의 본체를 드러내자, 천상의 광채가 온 누리를 비추었다. 그들은 놀라서 어찌할 바를 몰랐다. 이때 여신이 말했다.

「아들에 대한 당신의 사랑이 너무 지나쳤어요. 나는 당신의 아들을 불사신으로 만들려고 했는데, 당신 때문에 모든 일을 망쳐 버렸소. 그러나 당신의 아들은 훌륭하고 쓸모 있는 인물이 될 것이오. 그는 인간들에게 쟁기 사용법과 농사 짓는 법을 가르쳐 줄 것이오.」

이렇게 말하고 케레스는 구름 속에 몸을 감추고 이륜차를 타고 떠나 버렸다.

노인의 집을 나온 케레스는 계속해서 딸을 찾아 헤매다가, 마침내는 그녀가 출발했던 시칠리아 섬으로 돌아왔다. 그녀는 키아네 강둑에 서 있었다. 그곳은 하데스가 페르세포네를 데리고 자기의 영토로 달아났던 길목이었다. 그 강의 님프는 여신에게 자신이 목격한 사실을 들려주고 싶었으나, 하데스가 두려운 나머지 감히 말을 하지 못했다.

다만 페르세포네가 납치될 때 흘린 허리띠를 케레스의 발 밑으로 날아가게 했다. 케레스는 그것을 보자 딸이 죽었다고 확신했으나, 딸이 죽은 이유를 알 수 없어서 애꿎은 땅에게 그 누명을 덮어씌웠다.

「배은망덕한 땅아, 나는 너를 기름지게 하고 풀과 자양분이 많은 곡식으로 덮어 주었다. 그러나 앞으로는 그런 은총을 베풀지 않을 것이다.」

그러자 가축은 죽어 버렸고, 쟁기는 밭에서 부서져 버렸으며, 씨앗은 싹이 트지 않았다. 가뭄과 장마가 번갈아 계속되었다. 새는 씨앗을 쪼아먹고, 자라는 것은 엉겅퀴와 가시덤불 같은 잡초뿐이었다. 이 광경을 본 샘의 님프 아레투사가 땅을 위해 조정자로 나섰다.

「여신이여, 땅을 저주하지 마십시오. 어쩔 수 없이 통로를 열어 주었을 뿐입니다. 나는 지구 밑바닥을 통과할 때 따님을 본 일이 있습니다. 페르세포네는 슬픈 안색을 하고 있었으나, 놀란 것 같지는 않았습니다. 따님은 여왕이 된 것처럼 보였습니다. 에레보스의 여왕, 사자(死者)의 나라를 지배하는 왕의 왕후가 된 것 같았습니다.」

케레스는 이 말을 듣고 한동안 멍하니 서 있더니, 이륜차를 하늘로 돌려 제우스를 찾아갔다.

케레스는 자기의 불행한 처지를 이야기하고 딸을 찾게 해달라고 제우스에게 애원하였다. 제우스는 페르세포네가 땅 밑에 머무는 동안 마법의 석류를 먹지 않았다면 가능한 일이라고 말했다.

헤르메스가 봄의 여신과 함께 사자의 나라에 가서, 하데스에게 페르세포네를 돌려보내 달라고 요구하였다. 교활한 하데스는 승낙하였다. 그러나 애통하게도 페르세포네는 이미 하데스가 준 석류를 받아, 그 씨에 붙은 맛있는 과육을 먹었던 것이다. 이 석류를 먹은 사람은 하계를 잊지 못하고 그리워하게 되는 것이다. 따라서 완전한 구출은 불가능하게 되어 이에 따른 타협책이 나왔다. 즉, 반 년은 어머니와 지내고 반 년은 남편 하데스와 지내기로 합의한 것이다.

이 케레스와 페르세포네의 이야기가 우화인 것은 분명하다. 페르세포네란 곡물의 종자를 뜻한다. 종자는 땅 속에 묻으면 그 모습을 감추었다가(땅 속 신에게 가 있다가) 봄이 되면 햇빛 속(어머니에게로 돌아옴)에 다시 나타나는 것이다.

아프로디테와 아도니스

아프로디테가 어느 날 아들 에로스와 놀다가 아들이 가지고 있던 화살에 가슴을 다쳤다. 순간 그녀는 재빨리 아들을 밀어 냈으나, 상처는 생각한 것보다 깊었다. 그런데 그 상처가 채 아물기도 전에 아도니스라는 청년의 모습을 보았기 때문에 아프로디테는 그에게 반하고 말았다.

그녀는 이제까지 잘 다니던 파포스 마을에도, 크니도스 섬에도, 광물이 풍부한 아마토스에도 가지 않았다. 오로지 아도니스에게 빠져 아도니스의 뒤만 따라다녔다. 그때까지는 자기의 용모를 아름답게 하는 데만 관심을 가지고 그늘 밑에서 휴식을 즐기던 아프로디테였으나, 이제는 수렵의 여신인 아르테미스와 같은 옷차림을 하고 숲 속을 이리저리 돌아다녔다. 그리고 자기의 개를 불러 토끼나 사슴이나 기타 위험하지 않은 동물만을 사냥하고, 사냥꾼에게 덤벼드는 늑대나 곰은 사냥하지 않았다. 아프로디테는 아도니스에게도 위험한 짐승들은 피하라고 당부했다.

「무모한 용기는 위험한 것이니 조심하도록 하세요. 당신의 몸을 위험 속에 빠뜨려서 내 행복을 깨뜨리는 일이 있어서는 안 돼요.」

아프로디테는 아도니스에게 이렇게 경고하고, 이윽고 백조가 끄는 이륜차를 타고 하늘로 날아갔다. 그러나 아도니스는 이와 같은 충고를 지키기에는 사냥을 너무 좋아했다. 개들이 멧돼지를 굴에서 몰아 내자, 아도니스는 창을 들고 야수의 옆구리를 찔렀다. 그러자 멧돼지는 그 창을 빼내기가 무섭게 아도니스에게 달려들었다. 아도니스는 재빨리 도망쳤으나, 멧돼지는 그를 추격하여 옆구리를 물어뜯었다. 아도니스는 치명적인 상처를 입고 들판에 쓰러졌다.

백조가 끄는 이륜차를 타고 하늘을 날고 있던 아프로디테는 키프로스 섬에 도착하기 전에 아도니스의 신음소리를 들었다. 그녀는 다시 백조를 지상으로 향하게 했다. 그리고 피투성이가 된 아도니스의 시체를 발견하자 급히 땅에 내려 그 시체 위에 엎드려 가슴을 치며 울부짖었다. 그녀는 운명의 여신을 원망했다.

「나는 무엇이든 운명의 여신의 승리로 돌리지 않겠다. 나의 슬픔만이 언제까지나 남을 것이다. 나의 아도니스여, 나는 당신의 죽음과 나의 슬픔이 매년 새로워지도록 노력하겠어요. 당신이 흘린 피는 꽃으로 변하게 하겠어요. 어느 누구도 그것을 말리지 못할 겁니다.」

말을 마치자, 아프로디테는 그 피 위에 신주(神酒)를 뿌렸다. 피와 신주가 섞이자 마치 연못 위에 빗물이 떨어질 때처럼 거품이 일었다. 그리고 한 시간쯤 지나자, 석류꽃 같은 빨간 꽃이 한 송이 피었다. 그러나 그것은 생명이 짧은 꽃이었다. 전하는 바에 의하면, 바람이 불면 꽃이 피고 또 한 번 불면 꽃이 진다는 것이다. 그래서 그 꽃을 '아네모네' 라고 하는데, 아네모네는 그리스 어로 아네모스, 즉 '바람의 꽃' 이라는 뜻이다. 꽃이 피고 지는 원인이 다 바람이기 때문이다.

아폴론과 히아킨토스

아폴론은 히아킨토스라는 소년을 몹시 귀여워했다. 그래서 고기를 잡으러 갈 때는 그를 위해 그물을 들어 주고, 사냥을 갈 때는 개를 끌어 주었으며, 소풍을 갈 때도 시중을 들어 주었다. 이와 같이 소년에게 열중한 나머지 아폴론은 자기의 소중한 리라나 화살을 돌보지 않게 되었다.

어느 날, 아폴론이 히아킨토스와 원반던지기를 하고 있었다. 힘과 재능을 가진 아폴론은 원반을 치켜들고 하늘 높이 던졌다. 히아킨토스는 원반이 날아가는 것을 쳐다보다가 자기도 어서 던지고 싶은 마음에 그것을 잡으려고 달려갔다. 그때 원반이 땅에 닿았다가 튀어 히아킨토스의 이마에 맞았다. 그는 피를 흘리며 기절하고 말았다. 너무나 놀란 아폴론은 그를 안아 일으켜서 상처의 출혈을 막고, 달아나는 생명을 붙잡으려고 전력을 다했다. 그러나 모두 허사였다. 부상은 약으로도 고칠 수가 없었다.

「히아킨토스, 네가 죽다니! 젊은 너를 죽게 만든 것은 모두 내 잘못이다. 차라리 내가 너를 대신하여 죽을 수 있다면 좋으련만. 그러나 그럴 수도 없으니, 너를 기억과 노래 속에서 나와 함께 살게 하리라. 나의 리라는 너를 칭송할 것이며, 너의 운명을 노래할 것이다. 그리고 너를 내 애통한 마음이 아로새겨진 꽃이 되게 할 것이다.」

아폴론이 이렇게 말하고 있는 동안에, 이상하게도 이제까지 땅으로 흘러 풀을 물들이고 있던 히아킨토스의 피가 티로스 산(産) 염료보다도 더 아름다운 빛깔의 꽃이 되었다. 그 꽃은 백합꽃과 같았다. 다만 백합은 은백색인데, 그 꽃은 진홍색이라는 점이 다를 뿐이었다. 아폴론은 그것만으로는 부족하여 더 큰 명예를 수여하기 위해 그 꽃잎 위에 '아! 아!(Ah! ah!)'라는 글자의 모양을 아로새겨 그 슬픔을 표시했는데, 지금도 우리는 이 모양을 볼 수 있다.

이 꽃은 히아킨토스라고 부르게 되었고, 매년 봄이 되면 피어 히아킨토스의 운명에 대한 기억을 새롭게 하고 있다.

에로스와 프시케

옛날 어느 왕국에 세 딸이 있었다. 위로 두 딸도 매우 아름다웠으나, 막내딸인 프시케의 아름다움은 말로 형용할 수 없을 정도였다. 그래서 이웃 나라의 많은 사람들이 그녀의 아름다운 모습을 보기 위해 몰려들었다. 그녀를 본 사람들은 감탄한 나머지 아프로디테에 버금가는 찬사를 바쳤다. 사람들의 정성이 온통 프시케에게 쏠렸기 때문에 아프로디테의 제단을 돌보는 사람이 없게 되었다. 사람들은 프시케가 지나가는 길에 화관이나 꽃을 뿌렸으며, 그녀의 아름다움을 칭송하는 노래를 불렀다.

마침내 아프로디테는 신들에게만 표해야 하는 경의가 인간을 찬양하는 데 남용되는 것을 보고 몹시 노여워했다.

「나의 명예를 인간의 딸에게 넘겨야 한단 말인가. 제우스까지도 신임하는 왕의 목양자(트로이의 왕자 파리스를 가리킴)가 아테나와 헤라보다도 내가 더 아름답다고 한 그 영예도 이제는 소용이 없게 되었다.

그러나 그녀가 내 명예를 그렇게 쉽게 빼앗지는 못할 것이다. 그녀는 자기의 아름다움을 후회할 때가 있을 것이다.」

그녀는 아들 에로스를 불러들였다. 원래 장난을 좋아하는 에로스는 어머니의 불평을 듣자 귀가 솔깃해졌다. 어머니는 프시케를 가리키며 아들에게 말했다.

「내 아들아, 저 건방진 처녀의 가슴속에 어떤 천박한 사람에 대한 사랑을 심어 주어라. 그렇게 되면 자신의 아름다움에 대한 환희와 승리감이 큰 만큼 장차 그녀가 받게 될 치욕 또한 크리라.」

에로스는 어머니의 명령에 따를 준비를 했다. 아프로디테의 꽃밭에는 단 물과 쓴 물이 나오는 두 종류의 샘물이 있었다. 에로스는 그것을 두 개의 병에 담아서 프시케에게 갔다. 프시케는 자고 있었다. 그녀의 모습을 보니 측은한 생각이 들었지만, 그는 쓴 샘물을 두어 방울 그녀의 입술 위에 떨어뜨리고 나서 그 옆구리에 화살 끝을 댔다. 그때 프시케가 눈을 떠 에로스를 바라보았다. 에로스는 놀란 나머지 당황하여 자신이 들고 있던 화살에 부상을 입었다. 그는 자신의 상처에는 신경 쓰지 않고 자기가 저지른 장난을 취소하는 데 열중하여, 그녀의 비단 같은 고수머리 위에 향기롭고 달콤한 기쁨의 물방울을 뿌렸다.

아프로디테로부터 미움을 받은 프시케는 그후로는 아름다움으로 인한 어떤 이득도 얻을 수 없었다. 사람들은 모두 그녀를 우러러보고 칭송했지만, 누구 하나 그녀에게 청혼하는 사람이 없었다. 그녀보다 덜 아름다운 두 언니들은 이미 오래 전에 왕자들과 결혼을 하였다. 그러나 프시케는 고독한 신세를 한탄하며, 사랑을 불러일으키지 못하는 자기의 아름다움에 싫증을 느꼈다.

그녀의 부모는 혹시 신들의 노여움을 사지 않았나 해서 아폴론의 신탁을 구했다. 그 결과, 다음과 같은 답변을 얻었다.

「그 처녀는 인간의 신부가 되지 못하게 되어 있다. 미래의 남편은 산꼭대기에서 기다리고 있다. 그 남편은 신도 인간도 저항하지 못하는 괴물이다.」

이 무서운 신탁에 그녀의 부모가 슬픔에 잠겨 있자, 프시케가 말했다.

「아버님, 어머님, 슬퍼하지 마세요. 도리어 사람들이 저에게 부당한 명예를 씌워 저를 아프로디테라고 불렀을 때 슬퍼하셨어야 했어요. 그런 명예를 누린 벌이 제게 내려진 거예요. 저는 신탁에 따르겠어요. 불행한 운명이 기다리는 곳으로 저를 데려다 주세요.」

이리하여 프시케는 사람들이 슬퍼하는 가운데 부모와 함께 산으로 올라갔다. 산꼭대기에 이르자, 부모는 그녀만 남겨놓고 슬픈 마음으로 집에 돌아갔다.

프시케가 공포에 떨며 눈물을 흘리고 있을 때, 친절한 제피로스(서풍)가 그녀를 꽃이 활짝 피어 있는 골짜기로 실어다 주었다. 마음이 어느 정도 진정되자, 그녀는 풀이 무성한 둑에 드러누워 잠이 들었다.

정신을 차리고 상쾌한 기분으로 눈을 뜬 그녀는 커다란 나무가 우뚝 솟은 숲 속으로 들어갔다. 숲 속에는 수정 같은 맑은 물이 솟아났고, 그 곁에는 굉장히 크고 아름다운 궁전이 있었다.

프시케는 궁전 안으로 들어갔다. 그녀가 자연과 예술이 낳은 아름답고 귀중한 제작품을 바라보고 있을 때, 한 목소리가 말했다.

「여왕이시여, 이것은 모두 당신 것입니다. 당신이 듣고 계신 이 목소리는 당신의 시종인 우리들의 목소리랍니다. 당신이 분부만 내리신다면 우리는 정성을 다해 따르겠습니다. 당신의 방으로 가서 편히 쉬십시오. 목욕을 하시려거든 하십시오. 그리고 저녁은 옆에 있는 정자에서 드시는 게 어떠신지요?」

프시케는 시종의 말대로 털침대 위에서 푹 쉬고 목욕을 한 다음, 정자에 들어가 앉았다. 그곳에는 맛 좋은 음식과 감미로운 술이 차려져 있었다. 그리고 보이지 않는 연주자의 음악이 들려 왔다. 한 사람이 노래를 부르고 다른 한 사람이 비파를 탔는데, 멋진 조화를 이루고 있었다.

프시케는 아직 남편을 보지 못했다. 그는 어두워져야 오고 날이 밝기 전에 집을 나갔다. 그러나 그의 음성은 사랑으로 충만하였고, 그녀의 마음에도 같은 사랑을 불러일으켰다. 그녀가 얼굴을 보여 달라고 간청했으나 그는 사정이 있어서 얼굴을 보여줄 수 없다고 했다.

「왜 나를 보고 싶어하오? 내 사랑에 대하여 의심을 하는 거요? 무슨 불만이 있소? 그대가 나를 본다면 두려워할지도 모르고 숭배할지도 모르지만, 중요한 것은 나를 사랑하는 것이오. 나는 그대에게 그것만을 원하오. 그대가 나를 신으로서 숭배하기보다는 같은 인간으로서 사랑하기를 바라오.」

이런 말을 들으면 프시케는 잠시 마음이 안정되었으나, 집에서 걱정을 하고 있을 부모님과 언니들을 생각하면 가슴이 아팠다.

어느 날 밤, 프시케는 남편에게 부탁하여 마침내 언니들을 초대해도 좋다는 허락을 받았다.

제피로스가 곧 언니들을 데리고 왔다.

언니들은 자기들보다 잘살고 있는 동생을 보자 질투가 나서, 동생의 마음속에 아직 한 번도 본 적이 없는 남편에 대한 의심을 불러일으켰다.

「아폴론의 신탁이 네가 무서운 괴물과 결혼할 운명이라고 한 것을 잊지 말아라. 이 골짜기에 사는 사람들 말에 의하면, 너의 남편은 무시무시한 뱀으로 한동안 너에게 맛있는 음식을 먹여 너를 살찌운 뒤 삼켜 버릴 거라고 하더라. 그러니 등불과 칼을 준비해 두었다가, 남편이 깊이 잠든 뒤에 확인해 보고 그것이 사실이라면 주저하지 말고 괴물의 머리를 베어 네 목숨을 구하여라.」

프시케는 언니들의 말대로 등불과 칼을 감춰 두고, 남편이 잠들기를 기다려 그를 들여다보았다. 그런데 남편은 무서운 괴물이 아니라 신들 중에서도 가장 아름답고 매력적인 사랑의 신 에로스였다. 황금빛 고수머리는 눈빛같이 흰 목과 붉은 뺨 위에서 물결쳤고, 어깨에는 이슬에 젖은 하얀 두 날개가 달려 있었는데, 거기에는 봄의 꽃처럼 윤기가 흐르는 깃털이 나 있었다. 그녀가 남편의 얼굴을 자세히 보기 위해 등불을 기울였을 때, 불붙은 기름 한 방울이 그의 어깨에 떨어졌다. 깜짝 놀라 눈을 뜬 그가 말했다.

「오, 어리석은 프시케, 이것이 나의 사랑에 대한 보답이란 말이오? 나는 어머니의 명령에도 복종하지 않고 그대를 아내로 맞았는데, 그대는 나를 괴물로 여기고 내 머리를 베려고 생각하였단 말이오? 가시오, 언니들한테로 돌아가시오. 나는 그대에게 다른 벌은 가하지 않겠소. 오직 영원히 이별할 따름이오. 사랑과 의심은 같이 있을 수 없는 것이니까.」

그리고 에로스는 땅바닥에 엎드려 울고 있는 가여운 프시케를 버리고 날아가 버렸다. 어느 정도 마음이 진정되자 프시케는 주위를 둘러보았다. 그러나 이미 궁전도 정원도 없어졌고, 그녀는 언니들이 살고 있는 도시로부터 얼마 떨어지지 않은 넓은 벌판에 있었다.

프시케는 언니들이 있는 곳으로 가서 자기가 당한 일을 이야기했다. 엉큼한 언니들은 속으로는 기쁘면서도 겉으로는 슬퍼하는 척했다. 그녀들은 그 신이 자기 둘 중에 누군가를 택할 것이라 생각하고 아침 일찍 산으로 올라갔다. 그리고 산꼭대기에 이르자 그들은 제피로스를 불러 자기들을 그의 주인에게 데려다 달라고 청하고 나서 뛰어내렸으나, 제피로스가 받쳐 주지 않았기 때문에 벼랑에서 떨어져 몸이 산산이 부서져 버렸다.

한편, 프시케는 먹지도 않고 자지도 않으면서 남편을 찾아 방황하다가 높은 산꼭대기에 훌륭한 신전이 있는 것을 보고 중얼거렸다.

「나의 사랑, 나의 남편은 아마 저곳에 살고 있을 거야.」

그녀는 그쪽으로 걸음을 옮겼다. 그곳에는 곡식과 농기구들이 어지럽게 널려 있었다. 프시케는 그것들을 모두 가려서 적당한 장소에 깨끗이 정돈해 놓았다. 그것은 어떤 신이라도 소홀히 해서는 안 되고, 모든 신을 경건한 마음으로 대하여 자기 편으로 만들어야 한다는 신념에서였다. 신전은 여신 케레스의 신전이었는데, 여신은 프시케가 신을 위하여 일하는 것을 보고 말했다.

「오, 가여운 프시케, 비록 나는 아프로디테의 미움으로부터 너를 구할 수는 없으나, 여신의 마음을 누그러뜨릴 수 있는 방법을 일러 주겠다. 아프로디테에게 가서 무릎을 꿇고 겸손과 순종으로 용서를 빌어라. 그러면 아마 네게 은총을 베풀어 네 남편을 찾을 수 있게 해 줄 것이다.」

프시케는 케레스의 말대로 아프로디테를 찾아갔다.

아프로디테는 프시케를 화난 얼굴로 맞았다.

「너는 이제야 주인을 섬기는 몸이라는 사실을 알았느냐, 아니면 사랑하는 아내한테 입은 상처 때문에 아직도 누워 있는 병든 남편을 보고 싶어서 왔느냐? 너는 조금도 내 마음에 들지 않는다. 험하고 힘든 일을 다 끝마치기 전에는 절대로 네 남편과 함께 지낼 수 없다. 집안일을 하는 솜씨부터 시험해 보겠다.」

이렇게 말하고 나서 아프로디테는 프시케를 자기의 신전 창고로 인도하도록 명령했다. 그곳에는 아프로디테가 총애하는 비둘기의 모이인 밀, 보리, 기장, 완두, 편두가 잔뜩 쌓여 있었다.

「저녁이 되기 전까지 이 곡식들을 모두 종류별로 가려 놓도록 해라.」

프시케가 어찌할 바를 모르고 앉아 있는 동안, 에로스는 들판의 주민인 조그만 개미를 선동하여 프시케에게 동정심을 느끼도록 하였다. 그러자 개미들은 전력을 다해 곡식들을 종류별로 구분해 주었다.

저녁때가 되자 아프로디테는 향기로운 화관을 쓰고 신들의 향연에서 돌아왔다.

그녀는 프시케가 일을 다 끝낸 것을 보고 소리쳤다.

「못된 계집 같으니, 네가 한 게 아니고 네 남편을 꾀어서 시킨 것이지? 어디 두고 보아라.」

다음날 아침, 아프로디테가 프시케에게 말했다.

「저쪽 물가에 나무들이 늘어서 있는 것을 보아라. 저기 가면 양들이 목동도 없이 풀을 뜯어먹고 있는데, 모두 금빛 모피를 몸에 걸치고 있다. 양이 걸치고 있는 모피에서 값진 양모의 견본을 모아 가지고 오너라.」

프시케는 그 명령대로 이행하리라 결심하고 강가로 갔다. 그때 강의 신이 갈대로 옮겨와 노래하듯 속삭였다.

「조심해야 해. 저 위험한 강을 건너거나, 강 건너 무서운 숫양들 속으로 들어가서는 안 된다. 해가 뜰 때는 양들의 성질이 몹시 난폭해져 날카로운 뿔이나 사나운 이빨로 사람을 죽일 수가 있단다. 하지만 낮이 되어 양들이 그늘로 가면 강의 정령이 자장가를 불러서 잠을 재워 놓기 때문에, 그때는 강을 건너도 괜찮다. 강을 건너가면 덤불과 나무 줄기에 황금빛 양털이 붙어 있단다.」

인정 많은 강의 신의 말대로 하여, 프시케는 이윽고 황금빛 털을 팔에 가득 안고 아프로디테에게 돌아올 수 있었다. 그러나 아직도 화가 풀리지 않은 아프로디테는 그것으로 만족하지 않았다.

「나는 이번에도 너 자신의 힘으로 이 일을 해낸 게 아니라는 것을 잘 알고 있다. 이번에는 다른 일을 시키겠다. 여기 있는 상자를 가지고 에레보스(명부의 세계)로 가서 페르세포네에게 전달하고 다음과 같이 말해라. '나의 여주인 아프로디테가 당신의 미를 조금 나누어 주시기를 원하십니다. 병석에 있는 아들을 간호하시느라 자신의 미를 약간 잃었기 때문입니다.' 그러나 갔다 오는 데 너무 지체해서는 안 된다. 나는 오늘 저녁에 얻어 온 미를 몸에 바르고 신들과 여신들의 파티에 참석해야 하니까.」

프시케는 이제야말로 죽음이 가까워 왔다고 생각했다. 스스로 에레보스로 내려가야 했으니까. 그러나 지체할 수 없었으므로, 프시케는 명부로 내려가는 가장 가까운 길을 택하기 위해 높은 탑 꼭대기로 올라갔다. 그때 탑 속에서 어떤 소리가 명부로 들어갈 수 있는 방법을 자세히 가르쳐 주었다. 그리고 다음과 같이 덧붙였다.

「페르세포네가 그녀의 미로 가득 찬 상자를 주거든 그것을 열거나 그 속을 들여다보지 말아야 한다.」

그 소리가 일러 주는 대로 하여 프시케는 무사히 명부에 도착했다.

페르세포네로부터 미로 가득 찬 상자를 전해 받은 프시케는 왔던 길로 되돌아오며 다시 햇빛을 보게 된 것을 무한히 기뻐했다.

그 위험한 일을 무사히 마치고 나자, 프시케는 상자 안에 무엇이 들어 있는지 보고 싶은 마음이 일었다. 그녀는 혼잣말로 중얼거렸다.

「신의 미를 나르는 내가 이것을 좀 가지면 안 될까? 내 얼굴에 발라 사랑하는 남편의 눈에 좀더 예쁘게 보이고 싶다.」

그녀는 조심스럽게 상자를 열어 보았다. 그러나 그 속에는 미는 없고 명부의 잠만 들어 있었다. 그것들은 갇혔다가 해방되자 프시케에게 덤벼들었다. 그녀는 길 한가운데 쓰러져 꼼짝도 못한 채 시체처럼 잠이 들었다.

한편, 에로스는 상처가 아물자 사랑하는 프시케를 보고 싶은 마음이 간절해졌다. 마침내 에로스는 창 틈으로 빠져 나와 프시케가 누워 있는 곳으로 날아갔다. 그리고 그녀의 몸에서 잠을 끌어 모아 다시 상자 안에 가두고, 자기의 화살로 가볍게 그녀를 찔러 깨웠다. 그는 말했다.

「그대는 또 호기심 때문에 죽을 뻔했군. 이제 어머님한테 분부받은 일을 깨끗이 끝내도록 하시오. 그 밖의 일은 내가 하겠소.」

에로스는 높은 하늘을 단번에 꿰뚫는 번갯불과 같이 재빨리 제우스 앞에 나아가 애원했다. 제우스는 호의를 가지고 그 말을 들어 주었다. 그리고 두 연인을 위해서 간곡하게 아프로디테를 설득했기 때문에, 마침내 그녀도 승낙하였다. 제우스는 헤르메스를 보내 프시케를 천상의 회의에 참석하게 했다.

그녀가 도착하자, 제우스는 불로불사의 음식이라고 하는 암브로시아를 손수 한 잔 권하면서 말했다.

「프시케, 이걸 마시고 불로불사의 신이 되어라. 에로스는 이렇게 맺어진 인연을 끊지 못할 것이며, 이 결혼은 영원히 변치 않을 것이다.」

그리하여 프시케는 마침내 에로스와 결합했다. 그후 두 사람 사이에서 딸이 태어났는데, 그 아이는 '쾌락' 이라고 불렸다.

▶ ▶ ▶에로스와 프시케의 전설은 우화에 가깝다. 그리스 어의 프시케 (Psyche)는 '나비' 또는 '영혼' 이라는 의미가 있다. 불멸의 영혼을 설명하는

데 나비만큼 적당한 것은 없다. 나비는 느릿느릿 기어다니는 애벌레의 생애가 끝나면, 그때까지 자고 있던 무덤에서 아름다운 날개를 펴고 나와 햇빛 속을 날아다니고, 봄의 생산물 중에서 가장 향기 좋은 것을 먹곤 한다. 프시케는 온갖 고통과 불행으로 깨끗이 정화된 뒤 진정한 기쁨과 순결한 행복을 얻게 된 인간의 영혼인 것이다.

예술 작품 속에서의 프시케는 나비의 날개를 단 처녀로 묘사된다. 곁에는 에로스가 있으며, 둘은 여러 가지 모습으로 애정을 나타내고 있다.

프시케와 에로스의 이야기는 아풀레이우스의 작품에 최초로 등장했다.

에코와 나르키소스

여신 아르테미스의 총애를 받으며 사냥 다니기를 좋아하는 에코는 아름다운 님프이다. 그녀는 숲 속과 언덕을 다니며 숲놀이에 열중하고 있었다. 그녀에게는 한 가지 결점이 있었는데, 그것은 말하기를 좋아하여 잡담을 할 때나 논의를 할 때나 언제나 끝까지 지껄이는 것이었다.

어느 날, 헤라는 남편 제우스를 찾고 있었다. 남편이 혹시 님프들을 희롱하고 있지 않나 하고 의심했기 때문이다. 그것은 사실이었다. 에코는 님프들이 달아날 때까지 여신을 붙들어 놓으려고 계속 지껄였다. 이 계략을 알아차린 헤라는 에코에게 다음과 같은 명령을 내렸다.

「너는 앞으로 나를 속인 그 혓바닥을 사람들이 한 말을 되풀이하는 데만 쓰도록 하라. 절대로 네가 먼저 말을 할 수는 없을 것이다.」

어느 날, 에코는 나르키소스라는 아름다운 청년이 산에서 사냥을 하는 것을 보았다. 에코는 처음 본 그 청년에게 반해서 그만 사랑에 빠지고 말았다. 그녀는 청년의 뒤를 따라갔다. 그와 이야기하고 싶었지만,

청년이 먼저 말하기 전에는 불가능한 일이었다. 그래서 그녀는 그가 먼저 말을 걸어 주기를 초조한 마음으로 기다렸고, 대답도 준비하고 있었다.

어느 날, 그 청년은 함께 사냥하던 친구들과 떨어지게 되자 큰 소리로 외쳤다.

「누가 이 근처에 있는가?」

에코는 나무 그늘에 숨으면서 그 말을 되풀이했다.

나르키소스는 사방을 둘러보았으나 아무도 보이지 않자 다시 외쳤다.

「있으면 이리 나오시오!」

그 말을 기다리고 있던 에코는 가슴이 벅차서 「있으면 이리 나오시오!」 하고 되풀이하면서 나무 그늘에서 몸을 드러냈다. 그리고 나르키소스에게 다가가 그의 목에 팔을 감으려 했다. 청년은 깜짝 놀라 뒤로 물러섰다.

「놓아라, 만일 너와 함께할 바엔 차라리 죽어 버리겠다.」

에코는 불쌍하게도 같은 말을 되풀이할 수 있을 뿐이었다. 그러자 그는 그녀 곁을 떠나 버렸고, 그녀는 부끄러워 붉어진 얼굴을 숲 속으로 감추었다.

그때부터 그녀는 동굴 속이나 깊은 산 속 절벽에서 살게 되었다. 그녀의 몸은 슬픔 때문에 여위었고, 마침내 살은 모두 없어져버렸다. 그녀의 뼈는 바위로 변하고, 그녀의 몸에서 남은 것이라고는 목소리밖에 없었다. 이 목소리(메아리)는 지금도 그녀를 부르는 어떤 사람에게나 대답할 준비를 하고 있고, 마지막까지 말하는 옛 습관을 유지하고 있다.

　나르키소스의 냉혹성은 에코에게만 한한 것이 아니었다. 다른 모든 님프에 대해서도 마찬가지였다.
　한 처녀가 나르키소스를 짝사랑하였으나 아무런 보람이 없자 복수의 여신에게 기도했다. 나르키소스에게 자기의 사모하는 마음을 알려 주고, 그 사랑의 보답을 받지 못하는 게 얼마나 고통스러운지 깨닫게 해 달라는 것이었다. 복수의 여신은 그 기도를 들어 주기로 했다.
　어느 곳에 은처럼 빛나는 샘이 있었다. 어느 날, 나르키소스는 사냥과 더위와 갈증에 지쳐 그 샘으로 다가갔다. 몸을 굽히고 물을 마시려다 그는 물 속에 비친 자기 그림자를 보았다. 그는 그것이 그 샘에 살고 있는 아름다운 물의 요정인 줄 알고 정신없이 바라보았다. 그는 그 모습에 사랑을 느껴 키스를 하려고 입술을 내밀었다. 그리고 껴안으려고 팔을 물 속으로 집어 넣었다. 그러나 상대는 즉시 사라졌다가는 잠시 후 되돌아와 나르키소스의 마음을 안타깝게 했다. 그는 그곳을 떠날 수가 없었다.
　그는 물의 요정이라고 생각하고 있는 자기의 그림자에게 말을 걸었다.
　「아름다운 자여, 그대는 왜 나를 피하는가? 내 모습이 그렇게 싫어할 정도로 못생겼는가. 다른 님프들은 나를 사랑하고, 그대도 나에 대하여 무관심하지는 않은 것 같은데……. 내가 손을 내밀면 그대도 손짓을 하지 않는가.」

　그의 눈물이 물 속에 떨어져서 그림자를 흔들었다. 나르키소스는 그
림자가 떠나는 것을 보고 외쳤다.

　「제발 부탁이니 기다려 다오. 손을 대서는 안 된다면 바라만 보게라
도 해 다오.」

　그의 가슴에서 타오르는 불꽃은 그의 몸을 태워, 안색은 날로 초췌해
졌고 힘도 쇠약해졌으며, 전에 님프 에코를 매혹시켰던 아름다움은 사
라져버렸다. 그러나 에코는 아직 그의 곁에 머물며 그가 '아, 아!' 하고
외치면 그녀도 같은 말로 대답하였다.

　나르키소스는 혼자서 가슴을 태우다가 마침내 죽고 말았다. 그의 혼
령이 저승의 강을 건널 때, 그는 배 위에서 몸을 굽혀 물 속에 비친 자
기 그림자를 잡으려다가 배에서 떨어졌다.

　님프들은 그의 죽음을 슬퍼하며 장례를 치러 주려고 했다. 그러나 시
체는 간곳없고 다만 그가 있던 자리에 일찍이 보지 못했던 아름다운 꽃
한 송이가 피어 있었다. 속은 자줏빛이고 하얀 잎으로 둘러싸인 그 꽃
은, 그의 이름을 붙여 나르키소스(수선화)라 불리며 오늘날까지 전해
져 오고 있다.

아테나

지혜의 여신 아테나(미네르바)는 제우스의 딸이었다. 그녀는 성숙한 상태로 아버지의 머리에서 온몸에 갑옷을 입은 채 튀어나왔다고 한다.

아테나는 실용적인 기술이나 장식적인 기술을 관장하였다. 예컨대 남자의 기술로는 농업과 항해술 등을, 그리고 여자의 기술로는 제사(製絲) · 방직 · 재봉 등을 관장했다.

아테나는 또 전쟁의 신이기도 했다. 그러나 그녀가 원하는 것은 방어적인 싸움에 한했다. 폭력이나 유혈을 좋아하는 아레스의 야만적인 방식에는 찬성하지 않았다.

아테네는 아테나의 도시였다. 그 도시는 포세이돈과 경쟁한 끝에 승리를 거둠으로써 얻은 것이다. 즉, 아테네 최초의 왕 케크로프스가 아테네를 다스릴 때, 아테나와 포세이돈 두 신이 그 도시를 각기 자기 것으로 만들기 위해 싸웠다. 그러자 다른 신들은 인간들에게 가장 유익한 선물을 준 자에게 그 도시를 주기로 결정했다. 포세이돈은 인간에게 말[馬]을 주었고, 아테네는 올리브나무를 주었다. 신들은 올리브나무가 좀더 유익하다고 판정하고 그 도시를 아테나에게 주었던 것이다. 그래서 그 도시는 그녀의 이름을 따서 아테네(아테나이)라고 불렸다.

아테나는 아라크네라는 인간과 또다른 경쟁을 했다. 아라크네는 길쌈과 자수의 명수여서, 님프들까지도 그녀의 솜씨를 구경하러 올 정도였다. 완성된 옷이나 자수뿐 아니라 일을 하고 있는 모습 역시 아름다웠다. 그녀가 헝클어진 실을 손에 들고 타래를 만들거나, 손가락으로 선별하여 구름과 같이 가볍고 부드럽게 보일 때까지 빗질을 하거나, 직물을 짜거나, 짠 뒤에 자수를 놓는 모습을 본 사람은 아테나가 그녀를 가르쳤을 것이라고 말할 정도였다. 그러나 아라크네는 그런 말을 부정했다. 그녀는 설령 여신이라 할지라도 자신이 누군가의 제자로 간주되는 것은 참을 수 없었던 것이다.

「아테나하고 솜씨를 겨루게 해 주세요. 만약 내가 진다면 어떤 벌이라도 받겠어요」 하고 그녀는 말했다.

이 말을 듣고 화가 난 아테나는 노파로 변장하여 아라크네가 있는 곳으로 가서 친절한 충고를 하였다.

「나는 많은 경험을 하였습니다. 당신이 내 충고를 경멸하지 않기를 바랍니다. 같은 인간끼리라면 얼마든지 경쟁을 할 수 있지만, 여신과는 경쟁을 하지 마십시오. 그보다 당신이 한 말에 대하여 여신에게 용서를 빌기 바랍니다. 여신은 인자한 분이므로 당신을 용서할 것입니다.」

노파의 말에 아라크네는 베를 짜던 손을 멈추고 성난 얼굴로 노파를 노려보았다.

「그런 충고라면 당신의 딸이나 하녀에게 하세요. 나는 내가 한 말을 결코 취소하지 않을 거예요. 여신도 두렵지 않아요. 만일 생각이 있다면 나하고 솜씨를 겨루어 보라지요.」

아테나는 변장을 벗고 정체를 드러냈다. 님프들과 모든 사람들은 고개를 숙이고 경의를 표했다. 그러나 아라크네만은 두려워하지 않았다. 양볼이 갑자기 붉어졌다가 창백해졌으나, 결심을 바꾸지는 않았다. 그녀는 어리석게도 자신의 기술을 뽐내며 운명을 향해 돌진했다. 아테나도 더 이상 참지 않았다. 그리고 더는 충고도 하지 않았다.

아테나와 아라크네는 경쟁을 시작했다.

아테나는 자기가 포세이돈과 경쟁했을 때의 광경을 짜 넣었다. 천상의 열두 명의 신이 그려지고, 제우스가 위엄을 과시하며 그 중앙에 자리잡고 있었다. 바다의 지배자인 포세이돈은 삼지창을 손에 들고 있었는데, 방금 땅을 치고 왔는지 땅에서 말 한 마리가 뛰어나왔다. 아테나 자신은 머리에 투구를 쓰고 가슴은 방패로 가리고 있었다. 이런 광경이 한가운데에 자리잡고 있었고, 가장자리에는 신들에 대항하여 감히 경쟁하려고 하는 어리석은 인간들에 대한 노여움을 예시하는 사건들이 그려져 있었다. 더 늦기 전에 경쟁을 포기하라고 아라크네에게 경고하는 의미를 담은 그림이었다.

이에 반해 아라크네의 직물은 신들의 실패와 과오를 나타내기 위하여 고의로 선택된 제재들로 가득 차 있었다. 어떤 장면에는 제우스의 변신인 백조를 포옹하고 있는 레다가 그려져 있었고, 다른 장면에는 그의 아버지에 의하여 놋쇠로 만든 탑 속에 갇힌 다나에가 그려져 있었는데, 제우스는 그 탑 속에 금빛 소나기로 변장하여 들어가고 있었다. 또 다른 장면에는 황소로 변장한 제우스에게 속은 에우로페가 그려져 있었다. 그것은 놀랄 만큼 잘 짜여졌으나, 그 속에는 그녀의 오만불손한 마음이 드러나 있었다.

아테나는 아라크네의 솜씨에는 감탄을 금할 수 없었으나, 심한 모욕을 느껴 북으로 에우로페가 그려진 직물을 쳐서 찢어 버렸다. 그리고는 아라크네의 이마에 손을 얹고 그녀로 하여금 자기의 죄와 치욕을 느끼게 하였다. 아라크네는 마침내 부끄러움을 참지 못하여 목을 매었다. 아테나는 그가 끈에 매달려 있는 것을 보자 불쌍한 마음이 들었다.

「죄 많은 여인아, 살아나거라. 그리고 이 교훈을 잊지 말아라. 앞으로도 너와 네 자손은 영원히 목을 매고 있어야 할 것이다.」

아테나는 아라크네의 몸에 아코니틴 즙을 뿌렸다. 그러자 아라크네의 머리카락도, 코도, 귀도 없어져 버렸다. 그녀의 몸은 오그라들고 머리는 더욱 작아졌다. 손가락은 옆구리에 붙어 버려 다리의 역할을 했다. 그 외에는 다 몸뚱이가 되었는데, 그 몸뚱이에서 이따금 실을 뽑아 공중에 매달려 있어야만 했다. 이것이 아테나가 그녀를 거미로 만들었을 때의 자세이다.

니오베

아라크네의 운명이 세상에 널리 알려지자, 그것이 경고가 되어 모든 인간들은 신들에게 반항하지 않게 되었다. 그런데 오직 한 여자가 그 겸손이라는 교훈을 배우려 하지 않았다. 그것은 테베의 왕비 니오베였다.

그녀는 몹시 거만한 여자였다. 그녀는 남편이 이름 높은 사람이라든가, 자신이 미인이라든가, 문벌이 높다든가, 또는 자기네 나라가 융성하다든가 하는 따위를 자랑한 것이 아니었다. 그녀의 자랑은 자식들이었다.

'수많은 어머니들 중에서 가장 행복한 어머니는 바로 나다' 라고 우기지만 않았더라도 아마 니오베는 가장 행복한 어머니였을 것이다.

레토와 그 아들인 아폴론, 딸 아르테미스를 기념하는 축제 때의 일이었다. 그 축제 때 테베 사람들은 이마에 월계수를 장식하고 모여서, 제단에 유향을 드리며 기원했다. 그때 군중 속에서 니오베가 나타났다.

그녀의 옷은 황금과 보석으로 번쩍였고, 얼굴은 더할 수 없이 아름다웠다. 니오베는 걸음을 멈추고 오만한 얼굴로 사람들을 바라보았다.

「이 무슨 어리석은 짓이란 말이냐. 눈앞에 보이는 사람을 무시하고 본 적도 없는 자를 택하다니. 어째서 레토는 예배를 할 정도로 공경하면서 나는 무시하느냐? 내 아버님은 탄탈로스로서 신들의 식탁에 초대받을 정도였고, 어머니는 여신이었다. 내 남편은 이 테베를 건설했고, 이 나라의 왕이 되었다. 그리고 프리기아는 내가 물려받은 땅으로, 어디로 눈을 돌리든 내 땅이 보인다. 또 생긴 모습으로 말하더라도 나는 여신이 되어도 부끄러울 것이 없다. 그 밖에도 내게는 일곱 명의 아들과 일곱 명의 딸이 있어, 두루 따져서 우리와 사돈이 될 만한 명문가에서 사위와 며느리를 구하고 있는 중이다. 그래도 너희는 거인의 딸에다가 두 아이밖에 없는 레토를 나보다 낫다고 생각하느냐? 나는 그보다 일곱 배나 자식이 많다. 나는 정말 행복한 여인으로, 장래에도 그럴 것이다. 그렇지 않다고 말할 수 있는 자는 없겠지. 너무 많은 복을 받았기 때문에 그 중 한두 가지를 잃는다 해도 염려할 것이 없다. 레토가 많은 것을 빼앗아 가도 상관없다. 그래도 나한테는 남는 것이 많을 테니까. 만일 아이를 두서넛 잃는다 해도 아이가 겨우 둘밖에 없는 레토 같은 처지가 되지는 않을 것이다. 이 따위 축제는 이제 집어치우고 다들 가 버려라. 이마의 월계관을 벗어 버리고, 레토에 대한 숭배도 집어치워라.」

백성들은 니오베의 분부에 따라 제례를 중지하고 말았다.

레토는 화가 났다. 그래서 자기가 살고 있는 킨토스 산 위에서 아들과 딸에게 말했다.

「얘들아, 너희 둘을 자랑으로 여기며, 헤라를 빼놓고는 어느 여신한테도 뒤지지 않는다고 자부했던 내가 지금은 진짜 여신인지 아닌지도 의심받고 있구나. 너희가 감싸 주지 않는다면 나는 이제 숭배도 받지 못할 것이다.」

말을 계속하려고 하자, 아들 아폴론이 가로막았다.

「더 말씀하지 마세요. 얘기를 계속하신다면 인간에 대한 형벌이 늦어질 뿐이니까요.」

딸 아르테미스도 같은 말을 했다. 그리고 두 신은 화살처럼 공중을 날아가, 구름으로 얼굴을 가리고 테베 시의 성채로 내려갔다.

성문 앞에는 널따란 들판이 펼쳐져 있는데, 거기서 도시의 청년들이 전쟁놀이를 하고 있었다. 그 가운데는 니오베의 아들들도 있었다. 아름답게 장식한 준마를 타고 있는 자도 있고, 화려한 이륜차를 몰고 있는 자도 있었다. 먼저 말을 몰고 있던 니오베의 맏아들 이스메노스가 하늘에서 날아온 화살을 맞고 고삐를 놓쳐 땅에 떨어져 죽었다.

그 광경을 본 다른 아들은 말을 버리고 도망치려 하였으나 피할 수 없는 화살이 도망치는 그를 따라잡았다. 다른 두 아들은 훨씬 어렸는데, 마침 일과를 마치고 씨름을 하기 위해 유희장에 온 참이었다. 그들은 가슴과 가슴을 맞대고 서 있었기 때문에 한 대의 화살이 두 사람을 꿰뚫었다. 두 사람은 소리를 지르고 주위에 아쉬운 눈길을 한 차례 던진 다음, 똑같이 마지막 숨을 내쉬었다. 그들의 형인 알페노르는 두 동생이 쓰러지는 것을 보고 얼른 달려가 형으로서의 의무를 다하다가 화살을 맞고 쓰러졌다. 이제는 오직 일리오네스만 남았다. 그는 기도가 효험이 있을지도 모른다고 생각하여 하늘을 향해 팔을 뻗쳤다. 그리고는 「신들이여, 나를 도와주소서!」 하고 외쳤다.

아폴론은 그를 용서해 주려 했지만, 이미 화살이 시위를 떠난 뒤여서 어쩔 수 없었다.

백성들의 공포와 시종들의 슬픔에 찬 소리를 듣고 니오베는 무슨 일이 일어났는지 알았다. 그녀는 그런 일이 일어나리라고는 생각지도 못했기 때문에 신들이 그렇게까지 한 데 분노를 느낌과 동시에, 신들의 능력에 놀랄 따름이었다. 그녀의 남편 암피온은 그 충격을 감당하지 못하고 자살했다.

아아, 조금 전까지만 해도 백성들을 제전에서 쫓아 버리고, 당당한 태도로 거리를 활보하여 친구들의 부러움을 샀던 니오베였는데, 지금은 적에게마저 동정의 대상이 되다니, 이 얼마나 엄청난 변화인가.

그녀는 시체 위에 몸을 구부리고 차례차례 죽어간 아들들에게 입을 맞추었다. 그리고 창백한 두 팔을 하늘을 향해 들어올렸다.

「잔인한 레토여, 내 고통으로 당신의 노여움을 만족시키십시오. 나도 곧 내 아들들의 뒤를 따라 무덤으로 가 버리겠습니다. 하지만 아직 당신이 이겼다고는 할 수 없습니다. 남편과 아들들을 뺏겼지만, 나는 아직도 당신보다 많은 것을 가지고 있습니다.」

이렇게 말하기가 무섭게 활소리가 났기 때문에 모두들 겁을 냈지만, 니오베만은 태연했다. 그녀는 너무 슬픈 나머지 도리어 용감해졌던 것이다. 딸들은 상복을 입고 죽은 오라비들의 시체 앞에 서 있었다. 그런데 딸 하나가 화살을 맞고 지금까지 제가 애도하고 있던 시체 위에 포개어져 죽었다. 어머니를 위로하고 있던 다른 딸 하나가 별안간 말을 그치고 숨이 끊어지며 땅에 쓰러졌다. 세 번째 딸은 도망을 치려 했고, 네 번째 딸은 숨으려고 했다. 그 밖의 딸들은 어떻게 해야 할지 몰라 쩔쩔매면서 떨고 있었다. 마침내 딸 여섯이 죽고 말았다. 꼭 하나가 남아서 어머니에게 매달렸다. 니오베는 그 딸을 몸으로 감쌌다.

「얘는 제일 어린 딸입니다. 제발 하나만이라도 살려 주십시오.」

니오베가 부르짖었다. 그러나 그 딸마저 죽고 말았다. 니오베는 아들도 딸도 남편도 죽은 가운데 적막하게 앉아, 슬픔 때문에 넋이 나가 버린 것 같았다. 산들바람이 불어도 머리카락 하나 날리지 않았고, 볼의 핏기는 가셨으며, 눈은 가라앉은 채 움직이지 않았다. 그녀의 몸에는 이미 살아 있는 것이라고는 없었다. 혀는 입천장에 붙어 버렸고, 혈관도 생명의 흐름을 전하지 않게 되었다. 목도 구부러지지 않았다. 팔은 동작을 멈추었고, 발은 한 발짝도 옮기지 못하였다. 니오베의 몸은 돌로 변해 버렸던 것이다. 그래도 눈물은 끊임없이 흐르고 있었다. 그때 회오리바람이 산 위로 그녀를 날라 주어서, 그녀는 바위가 되어 지금도 그 고향 산에 남아 있다. 그 바위에서는 물이 졸졸 흘러나와 니오베의 끊이지 않는 슬픔을 말해 주고 있다.

▶▶▶니오베 상(像)은 피렌체의 국립 전시관에 있다.

무서워하는 아이를 팔로 잡고 있는 어머니의 상은 고대 조각품 중에서 가장 칭송되는 것 가운데 하나이다.

페르세우스

페르세우스는 제우스와 다나에 사이에서 태어난 아들이다. 그의 외조부인 아르고스의 왕 아크리시오스는 외손자가 왕위와 생명을 빼앗을 것이라는 신탁을 받고 놀라 다나에와 그 아들을 궤짝에 넣어 바다에 띄워 버렸다.

두 사람이 든 궤짝은 세리포스 섬 근처에서 표류하고 있었는데, 한 어부가 그것을 발견하고 두 모자를 국왕 폴리덱테스에게 인도하였다. 왕은 버림받은 모자를 친절하게 돌보아 주고, 다나에를 아내로 삼아 페르세우스를 양육했다.

페르세우스가 성인이 되자, 국왕은 세상에 나가 무엇이든 훌륭한 일을 하도록 권했다. 용감한 젊은이는 괴물 메두사의 머리를 잘라 왕 앞에 바칠 것을 맹세하고 길을 떠났다.

페르세우스는 우선 그라이아이라 불리는 포르키스의 세 자매를 만났다. 그는 태어나면서부터 백발이었던 그녀들로부터 눈과 이빨을 빼앗았다. 그들이 그것을 돌려 달라고 애원하자, 페르세우스는 이상한 요정들이 있는 곳을 가르쳐 주면 돌려 주겠다고 약속했다. 그 요정들은 날개 달린 샌들과 배낭과 개의 털가죽 투구를 가지고 있었는데, 이 세 가지를 몸에 지니면 가고 싶은 곳은 어디든 날아갈 수 있고, 보고 싶은 것은 뭐든지 다 볼 수 있으며, 게다가 어느 누구의 눈에도 띄지 않을 수 있었다. 그라이아이는 페르세우스의 조건을 받아들였다.

그리하여 요정들로부터 원하던 것을 얻은 페르세우스는 헤르메스에게서 받은 청동검을 가지고 메두사가 살고 있는 곳으로 날아갔다. 메두사는 원래 아름다운 처녀였으나 머리카락을 자랑거리로 생각하고 아테나와 그 아름다움을 경쟁하다가, 여신에게 모든 아름다움을 빼앗기고 무서운 괴물로 변한 것이다. 그런데 그 얼굴이 너무도 무시무시해서 누구든지 한 번 보기만 하면 모두 돌로 변하고 말았다. 그래서 메두사가 사는 동굴에는 사람이나 동물 모양을 한 돌이 많았다. 페르세우스는 얼굴을 돌리고 아테나가 빌려 준 구리 방패에 비치는 괴물을 보면서 달려들어 어렵지 않게 그 머리를 잘랐다.

페르세우스가 메두사의 머리를 배낭에 넣고 리비아의 사막 위를 날고 있을 때 메두사의 목에서 핏방울이 뚝뚝 떨어져 여러 가지 빛깔의 뱀이 되었는데, 그로부터 이 지방에는 무서운 독사가 득실거리게 되었다.

페르세우스는 멀리 육지와 바다를 건너 아틀라스 왕국에 이르렀다. 그 나라에는 황금 사과가 열리는 나무가 있었는데, 거대한 용이 그 나무를 지키고 있었다.

페르세우스가 하룻밤 머물기를 청하자, 왕은 황금 사과를 도둑맞을까 염려한 나머지 그의 청을 거절했다. 페르세우스는 격분하여 말했다.

「나는 여기에 손님으로 온 것입니다. 혹시 당신이 높은 가문을 숭상한다면 내 아버님이 제우스라는 걸 말씀드리겠습니다. 또한 훌륭한 공적을 내세우라면, 메두사를 정복한 일을 말씀드리겠습니다. 나는 지금 휴식과 음식이 필요합니다.」

　하지만 아틀라스는 언젠가 제우스의 아들이 그의 황금 사과를 빼앗을 거라고 하던 예언을 생각해 내고 말했다.

「가거라. 그런 엉터리 같은 공적이나 가문 같은 건 믿을 수 없다.」

　그러자 페르세우스는 얼굴을 돌린 채 메두사의 머리를 내밀었다. 순간, 아틀라스는 돌로 변해 버렸다.

　페르세우스는 비행을 계속하여, 케페우스 왕이 다스리는 에티오피아의 해안에 도착했다. 그때 바다에 높이 솟은 바위 위에 묶여 있는 한 처녀가 눈에 들어왔다. 머리카락은 바람에 흩어지고 눈에서는 눈물이 뚝뚝 떨어지고 있었다.

　페르세우스는 그녀의 아름다움에 마음을 빼앗긴 나머지 하마터면 날개의 동작도 잊을 뻔했다. 그는 말했다.

「오, 아름다운 아가씨, 그대의 이름과 그대가 사는 나라 이름은 무엇인가요? 그리고 왜 이렇게 결박되어 있는지 가르쳐 주세요.」

　결박된 처녀는 처음에는 수줍어하며 아무 말도 하지 못했다. 그러나 페르세우스가 질문을 되풀이하자, 잠자코 있으면 무슨 죄를 지었기 때문에 이렇게 되었다고 의심을 받을까 봐 자기의 이름과 나라 이름을 밝혔다.

「저는 에티오피아 왕 케페우스의 딸로 안드로메다라 합니다. 우리 어머니가 그 아름다움을 뽐내어 자신을 바다의 님프들과 비교하자, 노한 님프들이 거대한 바다의 괴물을 보내어 우리 나라 해안을 황폐화시켰습니다. 그때 저를 제물로 바치면 이 재앙을 면할 수 있다는 신탁이 내렸지요. 백성들은 그 말을 따르도록 아버지를 협박했어요. 그래서 아버지는 하는 수 없이 저를 이 바위에 결박한 것입니다.」

안드로메다가 이 말을 채 끝내기 전에 큰 파도가 일며 바다 괴물이 나타났다. 그녀는 비명을 질렀고, 막 도착해 그 광경을 목격한 부모는 비통해했다. 그때 페르세우스가 말했다.

「눈물 같은 건 나중에라도 얼마든지 흘릴 수 있습니다. 지금은 따님부터 구해야 합니다. 제우스 아들로서의 신분과 메두사를 정복한 자의 명성이라면 구혼자로서의 자격이 충분할 테니, 만일 내가 따님을 구출한다면 그 대가로 내게 따님을 주십시오.」

부모는 기쁜 나머지 딸이 아니라 왕국까지도 지참금으로 주겠다고 약속했다. 이제 바다의 괴물은 돌을 던지면 닿을 곳까지 접근해 왔다. 그때 갑자기 땅을 박차고 하늘로 날아오른 페르세우스는 괴물의 등으로 돌진하여 그 어깨를 칼로 찔렀다. 부상당한 괴물은 무섭게 공격해 왔으나, 페르세우스는 칼이 들어갈 곳만 발견하면 사정없이 찔러 괴물에게 깊은 상처를 입혔다. 이윽고 괴물은 콧구멍으로 피가 섞인 바닷물을 내뿜었다. 페르세우스는 물 위로 나와 있는 암초에 몸을 의지하고 최후의 일격을 가했다. 마침내 괴물은 숨이 끊어졌다.

 해안에 모여 있던 군중의 함성이 우렁차게 들렸다. 기쁨에 넘친 부모는 페르세우스와 안드로메다를 궁전으로 데리고 갔다. 곧 잔치가 열렸다. 그런데 갑자기 떠들썩한 소리가 나더니, 안드로메다의 약혼자였던 피네우스가 그 부하들을 거느리고 뛰어들어왔다. 그는 안드로메다를 자기에게 줄 것을 요구했다. 이에 케페우스가 말했다.

「자네가 진정으로 내 딸을 사랑한다면, 괴물의 제물이 되어 바위에 결박되었을 때 그런 요구를 했어야 하네. 페르세우스는 괴물과 싸워 이겨서 내 딸을 차지한 것이니, 자격이 충분하다.」

 피네우스는 아무 말도 하지 않고 갑자기 페르세우스에게 창을 던졌다. 그러나 창은 빗나갔다. 페르세우스도 창을 던지려 했으나, 비겁한 공격자는 재빨리 제단 뒤로 몸을 숨겼다. 그의 행동을 신호로 하여 일당이 공격을 가하기 시작해 마침내 난투극이 벌어졌다. 침입자의 수가 월등히 많았으므로, 페르세우스의 무용으로도 그들을 당해 낼 수가 없었다. 그 사실을 깨달은 그는 마지막 수단을 취할 결심을 하고 큰 소리로 외쳤다.

「이런 짓은 하고 싶지 않지만…… 예전의 원수에게 도움을 청할 수밖에 없네. 이 중에서 나의 적이 아닌 자는 얼굴을 돌리게.」

 말을 마치자, 페르세우스는 배낭에서 메두사의 머리를 꺼내 높이 쳐들었다. 그러자 적은 차례차례 돌로 변해 버렸다. 마침내 피네우스는 무모한 싸움을 후회하며 얼굴을 돌린 채 무릎을 꿇고 페르세우스에게 용서를 빌었다.

「무엇이든 다 가지시오. 그러나 목숨만은 살려 주시오.」

페르세우스가 말했다.

「비겁한 자여, 나는 너를 무기로 죽이지 않겠다. 너는 이 사건의 기념으로 이 집에 보관될 것이다.」

피네우스는 죽을 힘을 다해 피하려고 애썼으나, 그 눈은 곧 메두사의 머리와 마주쳤다. 그러자 그는 무릎을 꿇고 손을 뻗친 그대로 커다란 돌덩어리가 되어 버렸다.

페르세우스는 안드로메다와 함께 집으로 돌아와, 어머니 다나에와 다시 만나 행복한 나날을 보냈다. 그러나 얼마 후 그는 신탁에 의한 예언을 이루고 말았다.

아크리시오스는 펠라스기오디스의 왕에게 몸을 피해 있었다. 페르세우스가 여행 도중 펠라스기오디스에 도착했을 때, 그곳에서는 투사의 시합이 벌어지고 있었다. 이 시합에서 페르세우스가 던진 원반에 불행히도 외조부가 맞았다.

페르세우스는 외조부를 외진 곳에 매장하고 그의 왕국을 차지하였다. 운명은 더 이상 그를 괴롭히지 않았다. 그는 안드로메다와의 사이에 훌륭한 아들들을 두어, 그의 명성은 아들들에 의해 영원히 전해지게 되었다.

오이디푸스와 스핑크스

테베의 왕 라이오스는 신탁에 의하여 새로 태어난 아들이 성인이 되면 왕위와 생명을 위협할 것이라는 경고를 받았다. 그래서 그는 양치기에게 아들을 죽이라고 명령했다. 그러나 양치기는 아이를 불쌍하게 여겨 죽이지 못했다. 그렇다고 명령을 어길 수도 없어서, 아이의 발을 묶어 나뭇가지에 매달아 두었다. 그런데 농부가 아이를 발견하고는 그를 주인 부부에게 데려다 주었다. 그들은 그를 받아들여 오이디푸스('부푼 발'이라는 뜻)라고 이름을 지어 주었다.

훗날 라이오스는 시종 하나만 데리고 델포이로 가는 좁은 길에서 이륜 마차를 몰고 있는 한 청년을 만났다. 청년이 물러서라는 명령을 거부하자, 왕의 시종은 청년의 말을 한 마리 죽였다. 격분한 청년은 라이오스와 그의 시종을 죽여버렸다. 이 청년이 오이디푸스였다. 그는 자신도 모르는 사이에 친아버지를 살해한 것이다.

이 사건이 있은 지 얼마 안 되어 테베 시의 사람들은 스핑크스라는 괴물 때문에 괴로움을 당해야 했다. 그 괴물은 상반신은 여자였고 하반신은 사자의 모습을 하고 있었다. 괴물은 바위 위에 웅크리고 앉아 길가는 사람을 붙잡고 수수께끼를 내었는데, 문제를 푸는 자는 무사히 통과할 수 있으나 풀지 못하는 자는 생명을 잃었다. 그런데 그 수수께끼를 푼 사람이 아직 한 사람도 없었으므로, 지나가던 사람들이 모두 죽임을 당했다. 오이디푸스는 이 이야기를 듣고도 겁내지 않고 스핑크스에게 다가갔다. 스핑크스가 물었다.

「아침에는 네 발로 걷고 낮에는 두 발로 걷고 저녁에는 세 발로 걷는 동물은 무엇인가?」

오이디푸스는 대답했다.

「그것은 인간이다. 인간은 어릴 때는 두 손과 두 무릎으로 기어다니고, 커서는 두 발로 걸으며, 늙으면 지팡이를 짚고 다니기 때문이다.」

스핑크스는 수수께끼가 풀린 것이 창피해서 바위 밑으로 몸을 던져 죽어 버렸다.

테베 시 사람들은 오이디푸스 덕분에 살아난 것을 감사하게 여겨, 그를 자기들의 왕으로 모시고 여왕인 이오카스테와 결혼하게 했다.

이리하여 오이디푸스는 친부를 살해한 것도 모른 채, 자기 어머니와 결혼함으로써 신탁이 모두 이루어졌다.

이런 무서운 일이 밝혀지지 않은 채 세월이 흘렀다. 그런데 테베에 기근과 역병의 재난이 닥쳤다. 그 이유를 신탁에 물으니, 오이디푸스의 지난 행적들이 모두 밝혀져 이오카스테는 자살하고, 오이디푸스는 미쳐서 자기의 눈을 후벼 빼고 방랑의 길을 떠났다.

헤라클레스

헤라클레스는 제우스와 알크메네 사이에서 태어난 아들이다. 헤라는 알크메네를 질투하고 시기한 나머지 그녀의 아들 헤라클레스에게 적대감을 품고 있었다. 헤라클레스가 아직 요람 속에 있을 때, 헤라는 두 마리의 뱀을 보내 아이를 죽이려 했으나 갓난아기는 오히려 그 뱀을 목졸라 죽였다.

헤라는 또다른 간계를 내어 헤라클레스가 에우리스테우스의 부하가 되게 하였다. 에우리스테우스는 도저히 성공할 가능성이라고는 없는 모험을 그에게 연달아 명령했다. '헤라클레스의 열두 가지 일'이라 부르는 것이 바로 그것이다.

첫 번째 일은 네메아의 사자를 죽이고 그 가죽을 가져오는 것이었다. 헤라클레스는 몽둥이와 활로 사자에게 대항했으나, 아무 효과가 없음을 알자 자기 손으로 그 괴물을 목졸라 죽인 뒤 그것을 어깨에 메고 돌아왔다.

두 번째 일은 히드라를 퇴치하는 것이었다. 괴물 히드라는 우물 근처의 늪에 살고 있었는데, 머리가 아홉 개 달린 괴물이었다. 그 중 하나는 불사의 머리였고, 다른 여덟 개의 머리는 하나씩 자를 때마다 그곳에서 새로운 머리가 두 개씩 나왔다.

이올라오스라는 충성스런 부하는 헤라클레스가 괴물의 머리를 하나씩 베어 떨어뜨릴 때마다 목의 뿌리를 태워버려 마침내 여덟 개의 머리를 다 없애버릴 수 있었다. 그리고 남은 불사의 머리는 커다란 바위 밑에 파묻었다.

세 번째 일은 아우게이아스의 마구간을 청소하는 일이었다. 엘리스의 왕 아우게이아스는 소를 3천 마리나 가지고 있었으나 마구간은 30년 동안 한 번도 청소를 하지 않았던 것이다. 헤라클레스는 알페이오스 강과 페네이오스 강의 물을 끌어들여 하루 동안에 마구간 청소를 완벽하게 해냈다.

네 번째 일은 더 까다로운 것이었다. 에우리스테우스의 딸 아드메테가 아마존족 여왕의 허리띠를 탐냈기에 에우리스테우스는 헤라클레스에게 그것을 가져오라고 명령했다. 아마존족은 여자들만의 종족이었다. 대단히 호전적이었던 그들은 몇 개의 번창한 도시를 가지고 있었는데, 태어나는 아이가 여자면 기르고 남자면 죽여 버렸다.

헤라클레스는 많은 지원병을 거느리고 여러 가지 모험을 한 끝에 마침내 아마존족의 나라에 도착했다. 여왕 히폴리테는 그를 따뜻이 맞이하여 순순히 자신의 허리띠를 주었다. 그런데 헤라가 아마존족 여인의 모습으로 변신하여 곳곳을 돌아다니며 외국인이 여왕을 납치해 가려고 한다는 소문을 퍼뜨렸다. 이 말을 믿은 아마존족의 여인들은 무장한 채 헤라클레스의 배 쪽으로 몰려왔다. 헤라클레스는 히폴리테가 배반한 것으로 생각하여 그녀를 죽이고 그 허리띠를 가지고 돌아왔다.

헤라클레스에게 부과된 또 하나의 일은, 에리테이아라는 섬에 살고 있는 게리온의 소를 가져오는 일이었다. 게리온의 소는 거인 에우리티온과 두 개의 머리를 지닌 번견(番犬)이 지키고 있었는데, 헤라클레스는 그 거인과 개를 죽이고 무사히 그 소를 에우리스테우스에게 갖다 주었다.

다음은 헤스페리데스들이 지키고 있는 황금 사과를 따 가지고 오는 일이었다. 황금 사과가 어디에 있는지조차 몰랐기 때문에 헤라클레스로서는 가장 어려운 일이었다. 그 사과나무는 헤라가 대지의 여신으로부터 결혼 선물로 받은 것으로, 그녀는 그것을 헤스페리데스들에게 지키게 하고 거기에 잠자지 않는 용을 붙여 두었다.

많은 모험을 한 끝에 헤라클레스는 아프리카에 있는 아틀라스 산에 도착했다. 아틀라스는 신들에게 맞서 싸우다가 패하여 어깨 위에 하늘을 떠받치고 있는 형벌을 받고 있는 중이었다. 아틀라스는 헤스페리데스들의 삼촌이었다. 헤라클레스는 황금 사과를 찾아 자기에게 갖다 줄 자는 아틀라스뿐이라고 생각했다. 그러나 어떻게 아틀라스를 그곳에서 다른 곳으로 보낼 수 있단 말인가? 헤라클레스는 자신이 그 무거운 하늘을 대신 떠받치고 있을 테니 그 동안 황금 사과를 따다 달라고 했다.

아틀라스는 잠시라도 그 영원한 벌과 고통에서 벗어나고 싶어 기꺼이 승낙하고, 마침내 황금 사과를 가지고 돌아왔다. 그러나 그는 헤라클레스에게 자기가 황금 사과를 에우리스테우스에게 갖다 줄 테니 그대로 하늘을 떠받치고 있으라고 했다.

이에 헤라클레스는 한 가지 꾀를 생각해 내어, 아틀라스에게 어떻게 하면 하늘을 제대로 어깨에 메고 있을 수 있는지 가르쳐 달라고 했다. 미련한 아틀라스는 황금 사과를 놓고 하늘을 다시 떠받쳤다. 그 틈에 헤라클레스는 사과를 주워 에우리스테우스에게로 돌아갔다.

헤라클레스의 유명한 공적 중 하나는 안타이오스와 싸워서 승리를 거둔 일이다. 안타이오스는 대지의 여신인 가이아의 아들로, 힘이 센데다 격투기의 명수였다. 그 힘은 그가 어머니인 대지와 접촉하고 있는 한 어느 누구도 꺾을 수 없었다.

그는 자기 나라에 오는 모든 사람들에게 자기와 격투기 시합을 할 것을 강요했으며, 그에게 지면 여지없이 생명을 빼앗아갔다.

헤라클레스도 안타이오스와 맞붙어 싸웠는데, 그가 대지를 딛고 서 있는 한 승부가 나지 않을 것이라고 생각하여 그를 번쩍 쳐들어 공중에서 격퇴해 버렸다.

언젠가 헤라클레스는 실성하여 친구인 이피토스를 죽인 일이 있었다. 그는 이 죄값으로 3년 동안 여왕 옴팔레의 노예 생활을 해야만 했다.

그 일이 끝나자, 그는 데이아네이라와 결혼하여 3년 동안 평화롭게 살았다. 그러던 어느 날, 그는 아내를 데리고 길을 가다가 강가에 이르렀다. 그곳에서 켄타우로스족의 네소스가 죽으면서 데이아네이라에게, 자기의 피를 얼마간 간직하고 있으면 남편의 사랑을 유지하는 주문으로 사용할 수 있다고 말했다.

데이아네이라는 그대로 했다. 얼마 후, 그것을 사용할 기회가 왔다. 헤라클레스가 그의 정복 행각 도중에 이올레라고 하는 아름다운 처녀를 포로로 삼았는데, 데이아네이라가 보기에 남편이 그녀를 좋아하는 것 같았다.

헤라클레스는 승리를 감사하여 신들에게 제물을 바치기로 하고, 집에 사람을 보내 의식에 입을 흰 겉옷을 가져오게 했다. 데이아네이라는 사랑의 주문을 시험할 좋은 기회라 생각하고, 그 옷을 네소스의 피로 적신 뒤 흔적이 남지 않도록 빨았다. 그러나 마력만은 남아 있었으므로, 헤라클레스가 그 옷을 입자 독이 그의 전신에 스며들어 격심한 고통을 주었다. 그는 너무나 괴로운 나머지 이 무서운 겉옷을 가져온 리카스를 붙잡아서 바닷속으로 던져 버렸다. 그는 옷을 벗어 버리려고 했으나, 옷은 그의 몸에 달라붙어서 떨어지지 않았다. 그는 미친 듯이 그 옷을 갈기갈기 찢어 버렸다. 그러자 옷은 그의 살과 더불어 찢어져, 처참한 모습으로 배를 타고 집으로 돌아왔다. 데이아네이라는 괴로워하며 스스로 목을 매어 자살했다.

헤라클레스는 죽을 각오를 하고 오이테 산에 올라, 화장에 필요한 나무를 쌓고 필로크테테스에게 자신의 활과 화살을 주었다. 그리고 사자의 모피를 몸에 걸치고 곤봉을 베고 쌓아 놓은 나무 위에 누웠다. 그런 다음, 마치 축전의 신탁에 임한 것처럼 침착한 얼굴로 필로크테테스에게 나무에 불을 붙이라고 명령했다. 불길은 삽시간에 타올라 나무를 뒤덮었다.

　신들도 지상의 전사(戰士)가 이와 같은 최후를 맞이하는 것을 보고
마음 아파하였다. 그러자 그를 총애했던 제우스가 불탄 그의 육체에서
신성한 부분을 드러내 하늘로 인도하여 별들 사이에서 살게 했다.

테세우스

테세우스는 아테네의 왕 아이게우스와 트로이젠의 왕 피테우스의 딸 아이트라 사이에서 태어난 아들이다. 그는 트로이젠에서 양육되었고, 장성한 후에는 아테네로 가서 아버지와 만나기로 되어 있었다. 아이게우스는 아들이 태어나기 전에 아이트라와 헤어졌는데, 자신의 칼과 구두를 큰 돌 밑에 넣고 아들이 커서 그 돌을 움직여 밑에 있는 물건들을 꺼낼 정도가 되면 자기에게 보내라고 일러 두었다. 그때가 되었다고 생각이 들자, 어머니는 테세우스를 돌 있는 곳으로 데리고 갔다. 그는 어렵지 않게 돌을 움직여서 칼과 구두를 꺼냈다.

그의 외조부는 더 가깝고 안전한 길인 해로를 택해 가라고 일렀으나, 테세우스는 그 당시 명성이 높았던 헤라클레스와 같이 자기도 그 나라를 괴롭히는 악당과 괴물들을 퇴치하여 유명해지고 싶은 마음에 위험하고 모험적인 육로를 택하였다.

여행 첫날 그는 에피다우로스까지 갔다. 그곳에는 헤파이스토스와 그의 아들인 페리페테스가 살고 있다. 헤파이스토스는 광포한 야만인으로 항시 쇠망치를 가지고 다녔으므로, 모든 여행자들은 그에게 폭행을 당할까 봐 겁을 먹고 있었다. 그는 테세우스가 가까이 가자 돌격해 왔으나, 곧 젊은 영웅의 일격을 받고 쓰러졌다. 테세우스는 그의 쇠망치를 빼앗아 최초의 승리를 기념하기 위하여 그후에는 늘 그것을 가지고 다녔다.

그 밖에도 테세우스는 악당이나 약탈자들과 승부를 여러 번 겨루었는데 모두 승리했다. 그 중에는 프로크루스테스라고 일컫는 자가 있었다. 그 이름에는 '손발을 잡아 늘이는 자'라는 의미가 있었다. 그는 모든 여행자들을 자기 쇠침대에 결박해 키가 침대보다 작으면 손발을 잡아 늘여서 침대에 맞도록 하고, 반대인 경우에는 일부분을 잘라 버렸다. 테세우스는 프로크루스테스를 잡아 그가 다른 사람에게 한 그대로 해 주었다.

여행중의 모든 위험을 극복하고 테세우스는 마침내 아테네에 도착했다. 그러나 그곳에서도 새로운 위험이 기다리고 있었다. 이아손으로부터 도망친 마술사 메디아가 테세우스의 아버지 아이게우스의 아내가 되어 있었던 것이다.

메디아는 젊은이가 누구인가를 간파하고, 만약 그가 남편의 아들로 인정되면 자신의 세력이 약해질까 염려하여 남편의 심중에 젊은 손님에 대한 의심을 불러일으켰다. 그리하여 아이게우스는 테세우스에게 독주를 권했다. 테세우스가 그것을 받으려고 앞으로 나아갔을 때, 테세우스가 차고 있던 칼을 발견한 아이게우스는 그가 자신의 아들임을 깨닫고 독주를 물리쳤다.

자신의 흉계가 드러나자, 메디아는 도망하여 아시아 지방으로 갔다. 그 지방은 후에 메디아라고 불렸다.

테세우스는 아버지의 인정을 받고 후계자로 결정되었다.

그 무렵, 아테네 사람들은 크레타 왕 미노스에게 바치는 제물로 몹시 고통을 당하고 있었다. 그 제물은 일곱 명의 소년과 소녀들로서, 그들은 소의 몸뚱이와 인간의 머리를 가진 미노타우로스라는 괴물의 밥이 되기 위해 매년 보내지고 있었다. 괴물은 대단히 힘이 세고 사나운 짐승으로서 다이달로스(당시의 건축가이자 조각가인 동시에 석공. 후에 그는 미노스 왕의 총애를 잃고 탑 속에 갇히게 되자, 날개를 만들어 아들 이카로스와 공중을 날아 그 탑에서 탈출했다)가 만든 미궁 속에 갇혀 있었는데, 그 미궁은 구조가 대단히 교묘하여 한 번 갇힌 자는 결코 빠져 나오지 못하였다.

테세우스는 죽을 각오를 하고 그 재난으로부터 백성들을 구하기로 결심했다. 제물을 바칠 시기가 다가오자, 그는 아버지의 만류에도 불구하고 자진하여 제물로 나섰다. 배는 전과 같이 검은 돛을 달고 떠났는데, 테세우스는 아버지에게 승리하고 돌아올 때에는 흰 돛을 달고 오겠다고 약속했다. 소년과 소녀들은 크레타에 도착하자 미노스 왕 앞으로 나갔다. 그 자리에 있던 공주 아리아드네는 테세우스를 보고 첫눈에 반했다. 테세우스도 그녀의 사랑에 기꺼이 보답했다. 그녀는 그에게 괴물을 찌를 칼과 실 한 타래를 주었는데, 그 실타래만 있으면 미궁의 출구를 알아 낼 수 있었다.

드디어 테세우스는 괴물을 격퇴하고 미궁을 탈출하여, 아리아드네를 데리고 희생될 뻔했던 사람들과 아테네를 향해 떠났다. 도중에 테세우스 일행은 낙소스 섬에 머물렀는데, 아리아드네가 잠든 사이에 그녀를 두고 섬을 떠났다. 꿈에 아테나가 나타나 그렇게 하라고 명령했기 때문이다. 후에 아리아드네는 아프로디테의 도움으로 디오니소스의 아내가 되었다.

아티카 해안에 도착했을 때, 테세우스는 아버지와 약속한 것을 잊고 흰 돛을 달지 않았다. 검은 돛을 본 늙은 왕은 그만 자기 아들이 죽은 줄 알고 자살해 버렸다. 이리하여 테세우스는 아테네의 왕이 되었다.

테세우스의 모험담 중에서 가장 유명한 것은 아마존족을 정벌한 일이다. 그는 그들이 헤라클레스에게 받은 타격에서 회복되기도 전에 습격하여 여왕 안티오페를 납치했다. 그러자 아마존족도 지지 않고 아테네 시 한가운데까지 쳐들어왔다. 테세우스가 그들을 정복한 최후의 전투도 아테네 시에서 행해졌다. 이 전투는 고대의 조각가들이 즐겨 선택하는 제재 중 하나로서, 현존하는 몇 가지 예술 작품 중에 그 모습이 남아 있다.

테세우스와 페리토스의 우정은 아주 돈독했는데, 그것은 전쟁이 한창일 때 시작되었다. 페리토스는 마라톤 들판에 침입하여 아테네 왕의 소 떼를 약탈해 가려 했다. 테세우스는 약탈자를 격퇴하기 위해 쫓아갔으나, 페리토스는 그를 본 순간 마음이 부드러워져서, 화해의 표시로 손을 내밀고 소리쳤다.

「처분대로 하시오. 어떤 대가를 원하오?」

그러자 테세우스가 대답했다.

「그대와의 우정을!」

그후 그들은 신의를 맹세했고, 진정한 전우로서 우정이 변치 않았다. 그들은 제우스의 딸과 각각 결혼하기를 원했다. 테세우스는 그당시 아직 어렸던 헬레네를 선택했다. 헬레네는 후에 트로이 전쟁의 원인이 되었는데, 테세우스는 페리토스의 도움을 받아 그녀를 납치했다. 페리토스는 명부의 여왕을 원했다. 테세우스는 위험한 일인 줄 알았지만 대망을 품은 친구와 더불어 명부로 내려갔다. 그러나 그들은 명부의 왕 하데스에게 붙잡혀 궁전의 문 옆에 있는, 마법을 가진 바위 위에 결박되었다. 헤라클레스가 저승에 갔을 때, 테세우스는 용서를 받고 자유의 몸이 되었으나 페리토스는 그대로 남게 되었다.

아마존의 나라에서 데려온 안티오페가 죽자, 테세우스는 크레타의 왕 미노스의 딸 파이드라와 결혼했다. 테세우스에게는 히폴리토스라는 아들이 있었는데, 아버지와 같은 재주와 미덕을 겸비하고 있었던 그는 파이드라와 나이가 비슷했다. 파이드라는 히폴리토스를 사랑했으나, 히폴리토스는 그녀의 사랑을 거절했다. 그러자 그녀의 사랑은 증오로 변했다. 그녀는 자기에게 마음을 빼앗긴 남편을 부추겨서 아들을 질투하게 했으며, 결국 테세우스는 포세이돈에게 아들에 대한 복수를 기원했다.

어느 날, 히폴리토스가 해변을 따라 이륜차를 몰고 가는데 괴물이 나타나 이륜차를 산산조각내고 말았다. 그렇게 해서 히폴리토스는 숨을 거두었다. 아르테미스는 의술의 신인 아스클레오피오스로 하여금 그의 생명을 되살리게 하여 이탈리아로 데려가 에게리아라는 님프의 보호하에 두었다.

테세우스는 점차 백성들의 신망을 잃어 스키로스의 왕 리코메데스의 궁전으로 은퇴했다. 리코메데스는 처음에는 그를 따뜻이 맞았으나, 나중에는 배반하여 그를 죽였다.

후에 아테네의 키몬 장군이 테세우스의 유해를 발견하고 아테네로 옮겼다. 테세우스의 유해는 테세이온이라 불리는 신전에 안치되었다.

테세우스는 반(半)역사적인 인물이다. 그에 대한 기록을 보면, 그는 당시 아티카 지방을 점유하고 있던 여러 종족을 하나로 통합하여 나라를 세웠는데, 그 수도가 아테네였다는 것이다. 이 대사업의 기념으로 그는 아테네의 수호신인 아테나를 위하여 판아테네라는 축전을 창시했다. 이 축제는 그리스의 다른 경기와는 다른 두 가지 특징이 있다. 그것은 아테네 사람에게만 한정된 축제로, 주요 행사는 페플론이라는 아테나의 성의(聖衣)를 파르테논으로 가지고 가서 여신의 상 앞에 걸어놓는 것이었다. 페플론에는 온통 수가 놓여 있었는데, 그것은 아테네 최고의 명문에서 뽑힌 처녀들이 수를 놓았다.

행렬에는 남녀노소 모두 참가하였다. 노인들은 손에 올리브나무 가지를 들고, 젊은이들은 무기를 들고 행진했다. 젊은 여자들은 축제에 쓸 그릇과 과자, 그 밖에 제물을 올리는 데 필요한 모든 것이 든 바구니를 머리에 이고 행진했다. 그 행렬 모습은 부조(浮彫)로 파르테논 신전의 외부를 장식하고 있었는데, 지금은 대영 박물관의 '엘긴 마블즈'라는 이름으로 알려진 조각 중의 일부가 되어 있다.

▶▶▶테세우스가 아내로 맞은 아마존의 여왕이 히폴리테라는 설도 있다.

그 이름은 셰익스피어의 희곡 『한여름 밤의 꿈』 속에서 사용되었다. 이 작품은 테세우스와 히폴리테의 흥겨운 결혼식 잔치를 주제로 하였다.

디오니소스

디오니소스는 제우스와 테베의 왕 카드모스의 딸인 세멜레 사이에
서 태어난 아들이다. 헤라는 세멜레를 질투한 나머지 그녀를 곤경에
빠뜨릴 음모를 꾸몄다. 그녀는 세멜레의 늙은 유모 베로에의 모습으로
변신하여 탄식하듯이 말했다.

「정말로 그분이 제우스라면 잘된 일입니다만 저는 걱정을 하지 않을
수 없습니다. 무엇이건 진짜란 그리 흔한 법이 아니지요. 만일 그분이
정말 제우스라면 증거를 보여 달라고 하십시오. 그러면 사실 여부를
알 수 있을 것입니다.」

이 말을 듣자 세멜레도 약간 의심이 생겼다. 그래서 제우스가 찾아왔
을 때, 한 가지 소원이 있는데 들어 달라고 청했다. 제우스는 원하는 것
이 있으면 들어 주겠다고 약속했다.

세멜레는 유모가 시킨 대로, 하늘에서와 같은 차림을 하고 오라고 요
구했다. 그 말을 들은 제우스는 약속한 것을 후회하고 취소하려 했으

나, 세멜레는 고집을 꺾지 않았다. 제우스는 어쩔 수 없이 거인족을 멸망시킬 때와 같은 중무장이 아니라 신들 사이에서 경무장으로 알려진 옷을 입고 세멜레 앞에 나타났다. 그러나 불행하게도 세멜레는 인간이기 때문에 그 열기를 견디지 못하고 불에 타 죽고 말았다.

그때 그녀의 뱃속에는 6개월이나 된 태아가 자라고 있었다. 제우스는 처참하게 타 버린 연인의 시체에서 태아를 조심스럽게 꺼냈다. 그리고 자신의 넓적다리를 도려 낸 다음 그 속에 넣고 다시 꿰맸다. 아기가 순조롭게 자라 마침내 태어날 때가 되자, 제우스는 자신의 넓적다리를 꿰맨 실을 뽑고 아기를 꺼냈다. 이리하여 디오니소스는 신들의 왕인 제우스의 몸에서 두 번째로 태어난 신이 되었다.

제우스는 어린 디오니소스를 뉘사 산의 님프들에게 맡겼다. 이 님프들은 디오니소스를 소년이 될 때까지 양육한 대가로 히아데스 별자리로서 별 사이에 놓이게 되었다.

성장한 디오니소스는 포도 재배법과 그 귀중한 과즙을 짜내는 법을 발견했다. 그러나 헤라는 그를 미치광이로 만들어 지상으로 추방하였다. 디오니소스는 유랑자가 되어 온 세계를 헤매고 다녔다. 그가 프리기아에 이르렀을 때, 여신 레아는 그의 광기를 치료해 주고 종교상의 의식을 가르쳐 주었다. 그는 아시아를 방랑하는 중에 주민들에게 포도 재배법을 가르쳐 주었다. 그때 그는 인도에서 몇 해를 보냈다.

방랑을 끝낸 디오니소스는 그리스에서 자기의 신앙을 펴려고 했으나, 반대하는 군주들로 인해 뜻을 이루지 못했다. 그들은 그 종교에 따르는 무질서한 광중 때문에 포교를 두려워했던 것이다.

디오니소스가 고향인 테베 시 가까이 오자, 국왕 펜테우스는 이 새로운 신앙을 무시하여 의식의 집행을 금지시켰다. 그러나 그가 온다는 것이 알려지자 남자나 여자, 특히 여자들은 노소의 구별 없이 그를 만나고 그의 개선 행렬에 참가하기 위해 구름같이 몰려들었다.

펜테우스가 아무리 명령하고 위협해도 아무 소용이 없자 그는 시종들에게 말했다.

「가서 소란을 피우는 군중을 부추기고 있는 방랑자를 잡아 오너라. 그가 신의 아들이라고 주장하지만, 나는 그것이 거짓이라는 것을 자백받고 그의 거짓 신앙을 버리도록 하겠다.」

왕의 친구들과 현명한 고문관들이 신에게 반항하지 말라고 간했으나, 왕은 듣지 않았다. 왕이 보낸 시종들은 디오니소스의 신자들에 의해 쫓겨오면서 신자 중 한 사람을 체포해 왔다. 펜테우스는 분노에 찬 얼굴로 그를 노려보면서 다그쳤다.

「너를 다른 자들에 대한 본보기로 당장 죽여 버리겠다. 지금 당장 너를 처형하고 싶지만, 그보다 먼저 물어 볼 것이 있다. 네 이름은 무엇이며, 너희들이 거행한다고 하는 새로운 의식이란 무엇인지 말하라.」

「저는 마이오니아 사람으로 이름은 아케테스입니다. 우리 부모는 가난하여 낚싯대와 그물과 고기잡이라는 가업을 남겼을 뿐입니다. 저는 이 가업에 오랫동안 종사했습니다. 그러나 언제나 한 장소에 머무르는데 싫증이 나서, 수로(水路) 안내인이 되어 별자리를 보고 항해를 안내하게 되었습니다. 델로스를 향해 항해하고 있을 때였습니다. 우리는 디아 섬에 상륙하게 되었는데, 이튿날 아침 음료수를 구하러 갔던 선원들이 아름다운 소년을 데리고 왔습니다. 그들은 그 소년이 고귀한 신분으로서, 어쩌면 왕자일지도 모르니 몸값을 받을 수 있으리라고 생각했던 모양입니다. 저는 그의 옷차림과 걸음걸이와 얼굴을 관찰했습니다. 그리고 인간을 초월한 어떤 신비한 것이 있음을 알아차리고 선원들에게 말했습니다. '어떤 신께서 이런 모습을 하고 계신지는 알 수 없으나, 신이 숨어 있다는 것은 의심할 여지가 없소. 신이여, 저희들이 당신에게 가한 행동을 용서하십시오. 그리고 저희가 하는 일이 성공하게 하여 주십시오.' 딕티스와 멜란토스와 에포페우스라는 선원은 이구동성으로 '기도 따위는 그만두시오' 하고 소리쳤습니다. 탐욕이 그들의 눈을 어둡게 했던 것입니다. 그들이 소년을 배에 태우려고 할 때 저는 '이 배를 그런 불경스러운 죄로 더럽혀서는 안 되오. 이 배에 대해서는 누구보다도 나에게 권리가 있소' 하고 말하며 반대했습니다. 그때 리카바스가 난폭하게 제 멱살을 잡고 배 밖으로 밀어 냈습니다. 저는 줄에 매달려 겨우 목숨을 건졌습니다. 그때 소년——그는 디오니소스였습니다——이 졸린 듯한 목소리로 부르짖었습니다.

'당신들은 나를 어떻게 하려는 거요? 무엇 때문에 싸우고 있소? 누가 나를 이곳으로 데리고 왔소? 당신들은 장차 나를 어디로 데리고 가려고 하는 거요?'

선원 중 한 사람이 말했습니다. '걱정할 것 없다. 네가 가고 싶은 곳을 말하라. 우리가 너를 그곳으로 데려다 주겠다.'

디오니소스는 말했습니다. '우리 집은 낙소스에 있소. 그곳으로 데려다 주오. 후히 사례하겠소.'

선원들은 그렇게 하마고 약속했습니다. 그리고 저에게 배를 낙소스로 안내하라고 명령했습니다. 낙소스로 가려면 오른쪽으로 가야 했습니다. 그러자 어떤 자는 눈짓으로, 다른 자는 귓속말로 소년을 이집트로 데리고 가서 노예로 팔 작정이니 배를 반대 방향으로 돌리라고 했습니다. 저는 당황하여 '나는 배 안내를 못하겠으니 다른 사람을 시키시오' 하면서 그들의 음모에 가담하지 않았습니다. 그들은 저에게 욕설을 퍼부었고, 그 중 한 사람은 '우리의 생명이 모두 네게 달려 있는 줄 아느냐?' 하고 소리치고는 배를 낙소스 반대 방향으로 돌렸습니다. 그 때서야 그들의 음모를 알아차린 디오니소스가 바다를 바라보며 울먹이는 소리로 말했습니다.

  '저 섬은 우리 집이 있는 곳이 아니오. 나는 당신들에게 이런 대접을 받을 까닭이 없소. 나 같은 어린아이를 속여 보았자 아무 이득이 없을 거요.'

  저는 이 말을 듣고 울었습니다. 그러나 선원들은 우리를 비웃고 배를 계속 몰았습니다. 그런데 갑자기 배가 바다 한가운데서 꼼짝도 하지 않았습니다. 선원들은 놀라서 배를 움직이려고 했으나, 아무 소용이 없었습니다. 무거운 열매가 달린 담쟁이덩굴 같은 것이 노에 감겨서 노 젓는 것을 방해하고, 그것이 돛 위에도 달라붙었습니다. 열매가 줄줄이 달린 포도덩굴이 돛대 위로 뻗어 오르고 뱃전에 엉겼습니다. 디오니소스는 포도 잎사귀로 된 관을 쓰고 손에 담쟁이덩굴 같은 것이 엉긴 창을 들고 있었습니다. 별들이 그의 발 밑에 깔렸고, 호랑이와 삵쾡이가 그의 주위에서 놀고 있었습니다. 선원들은 공포에 사로잡혀 실성한 채 모두 물 속으로 뛰어들었습니다. 그러자 그들은 모두 돌고래로 변해 버렸습니다. 선원들 중 오직 저 혼자 남아 공포에 떨고 있자, 디오니소스가 저를 위로해 주었습니다.

'두려워하지 마라. 배를 낙소스로 돌려라.'

나는 복종했습니다. 그리고 그곳에 도착했을 때, 저는 제단에 불을 밝히고 디오니소스 제전을 거행하였습니다.」

펜테우스가 고함을 질렀다.

「멍청한 이야기를 듣느라 시간을 너무 뺏겼다. 이놈을 데리고 가서 당장 죽여 버려라.」

아케테스는 감옥에 갇히게 되었다. 그러나 그들이 처형에 쓸 도구를 마련하고 있는 동안 감옥 문이 저절로 열리며 그를 묶고 있던 쇠사슬이 풀렸다. 시종들이 찾아보았으나 그는 아무 데도 없었다. 펜테우스는 격분하여 그 의식을 보러 가기로 결심했다.

키타이론 산은 신자들로 가득 찼다. 그리고 바카이들의 부르짖음이 사방에서 울려 퍼졌다. 노한 펜테우스는 숲 속에 들어가서 제전의 중심부인 넓은 곳에 이르렀다. 부인들이 그를 발견했다. 그 중에는 디오니소스 때문에 눈이 먼 펜테우스의 어머니 아가우에도 있었는데, 그녀가 소리쳤다.

「멧돼지가 왔다. 이 숲에 괴물이 들어왔다. 여러분, 내가 제일 먼저 저 멧돼지를 잡을 겁니다.」

군중은 펜테우스를 향해 돌진했다. 그는 지금까지의 거만한 태도를 버리고 겸손하게 빌었으나, 그들은 그에게 상처를 입혔다. 그는 이모들을 불러 자신을 보호해 달라고 호소했으나 아무 소용이 없었다.

그의 두 이모인 아우토노에와 이노는 그의 양팔을 하나씩 잡았다. 그들 사이에서 그 몸뚱이는 토막토막 잘렸다. 그러자 그의 어머니가 외쳤다.

「이겼다, 이겼다, 우리가 이겼다! 영광과 승리는 우리 것이다.」

그리하여 그리스에 디오니소스에 대한 숭배가 뿌리를 내리게 되었다.

오르페우스와 에우리디케

오르페우스는 아폴론과 뮤즈인 칼리오페 사이에서 태어난 아들이다. 그는 아버지로부터 리라를 선물받고 그것을 타는 법을 배웠다. 그가 리라를 타면서 아름다운 노래를 부르면 거기에 현혹되지 않는 사람이 없었다. 사람뿐만 아니라 야수들도 온순해져서 사나운 성질을 버리고 그의 주위에 모여들었다. 심지어는 나무나 바위까지도 그 음악에 감응하여 부드러워졌다.

오르페우스가 에우리디케와 결혼했을 때, 혼인을 주재하는 신 히멘을 초대하였다. 그런데 히멘은 축하의 선물을 아무것도 가져오지 않았다. 그의 횃불까지도 연기만 나서, 그들의 눈에서 눈물이 나오게 만들었을 뿐이었다. 이와 같은 조짐에 의해서인지, 에우리디케는 결혼 한 지 얼마 안 되어 친구인 님프들과 거닐다가 아리스타이오스라는 양치기의 눈에 띄었다. 양치기는 그녀의 아름다움에 반해 쫓아왔다. 그녀는 도망치다가 풀 속에 있는 뱀을 밟아 발을 물려 죽고 말았다. 오르페우스는 너무나 슬픈 나머지 신이나 인간, 그리고 이 지상에 살아 있는 모든 것들에게 자기의 슬픔을 노래로 호소했다. 그러나 아무 소용이 없자, 그는 명부로 내려가서 아내를 찾기로 결심했다.

오르페우스는 타이나로스 섬 옆에 있는 동굴을 거쳐 명부에 도착했다. 그는 유령의 무리를 헤치고 하데스와 페르세포네의 옥좌 앞으로 나아갔다. 그리고 리라를 타면서 슬프게 노래했다.

「명부의 신들이여, 생명 있는 자는 다 이곳으로 오게 마련입니다. 제 말을 들어 주십시오. 제가 이곳에 온 것은 타르타로스의 비밀을 탐지하기 위한 것도 아니고 머리가 세 개인 문지기 개와 힘을 겨루려는 것도 아닙니다. 저는 뜻하지 않게 독사에게 물려 죽은 제 아내를 찾으러 온 것입니다. 사랑이 저를 이곳으로 인도한 것입니다. 사랑은 지상에 살고 있는 우리를 지배하는 전능의 신일 뿐입니다. 옛말이 옳다면 이곳에서도 역시 그러할 것입니다. 저는 공포로 가득한 이곳, 침묵과 유령의 나라에 맹세하고 당신들에게 간청합니다. 에우리디케의 생명을 주십시오. 우리가 언젠가는 이곳으로 오게 되어 있으니, 오직 일찍 오느냐 늦게 오느냐의 차이가 있을 따름입니다. 저의 아내도 수명을 다한 후에는 마땅히 이곳으로 올 것입니다. 그러나 그때까지는 제발 그녀를 저에게 돌려 주십시오. 만약 거절하신다면, 저는 홀로 돌아갈 수 없습니다. 저도 죽겠습니다. 두 사람의 주검을 눈앞에 놓고 승리의 노래를 부르십시오.」

그가 이런 애달픈 노래를 부르자, 망령들까지도 눈물을 흘렸다. 탄탈로스(그는 목이 말라 물을 마시려고 하면 물이 도망쳐 버리는 형벌을 받고 있다)는 목이 마른데도 물 마시는 것을 잊었고, 익시온(제우스의 형벌을 받아 영원히 멈추지 않는 수레에 결박되어 있다)의 바퀴도 멈추었다. 독수리는 거인의 간을 파먹는 일을 중지하였고, 다나오스의 딸들은 체로 물 긷는 일을 중지했다. 그리고 시시포스도 바위 위에 앉아서 노래를 들었다. 복수의 여신들은 처음으로 눈물을 흘렸다. 페르세포네와 하데스는 더 이상 거절할 수가 없었다. 마침내 에우리디케가 불려 나왔다. 그녀는 새로 들어온 망령들 사이에서 부상당한 발을 절뚝거리며 나타났다.

오르페우스는 그녀를 데리고 가도 좋다는 허락을 받았으나, 조건이 하나 있었다. 그것은 지상에 도착할 때까지는 에우리디케를 돌아보아서는 안 된다는 것이었다. 오르페우스는 앞서고 에우리디케는 뒤에서 어둡고 험한 길을 말 한 마디 하지 않고 걸어갔다. 마침내 지상 세계로 나가는 입구에 다다랐을 때, 오르페우스는 약속한 것을 깜빡 잊고 에우리디케가 정말 따라오나 확인하기 위해 뒤를 돌아보았다. 그 순간, 에우리디케는 다시 명부로 끌려갔다. 그들은 서로 잡으려고 팔을 내밀었으나 허공만 만져질 뿐이었다. 에우리디케는 두 번째로 죽어갔지만 남편을 원망할 수는 없었다. 자기를 보고 싶은 마음에 저지른 일을 어떻게 탓할 수 있단 말인가.

「이제 마지막 이별입니다. 안녕히!」

에우리디케는 말했다. 그러나 얼마나 빨리 끌려갔던지 말소리조차 잘 들리지 않았다.

오르페우스는 그녀의 뒤를 따라가서 다시 한 번 그녀를 데리고 올 수 있게 해 달라고 간청하려 했다. 그러나 사공은 강을 건너게 해주지 않았다. 오르페우스는 7일 동안 먹지도 않고 잠자지도 않고 강가를 헤매었다. 그리고 신들을 원망하면서 자신의 슬픔을 노래에 담아 바위와 산에 호소했다. 그러자 호랑이도 감동하고, 참나무도 감동하여 그 큰 줄기를 흔들었다.

그후 오르페우스는 여자를 멀리하고 자기의 슬프고 불행한 추억을 끊임없이 회상하며 살았다. 트라키아의 처녀들은 그의 마음을 사로잡기 위해 갖은 수단을 다 썼지만, 그는 그녀들을 가까이하려고 하지 않았다.

그러던 어느 날, 트라키아의 처녀들은 오르페우스가 디오니소스의 제전에 참석했다가 흥분하여 정신을 잃은 것을 발견했다.

「저기 우리를 모욕한 사내가 있다」고 소리치며 처녀들은 그를 향해 창을 던졌다.

그러나 창은 그의 리라 소리가 들릴 만한 거리에 이르자 힘을 잃고 그대로 그의 발 밑에 떨어지고 말았다. 처녀들이 던진 돌도 마찬가지였다. 그러자 처녀들은 소리를 질러 리라 소리가 들리지 않게 한 다음 무기를 던졌다. 오르페우스는 결국 피를 흘리며 쓰러졌다. 광란한 처녀들은 그의 사지를 갈기갈기 찢고 그의 머리와 리라를 헤브로스 강에 처넣었다. 그러자 그의 머리와 리라는 속삭이는 듯 슬픈 노래를 불렀다.

뮤즈의 여신들은 갈기갈기 찢겨진 그의 몸을 거두어 레이베트라라는 곳에 묻었다. 레이베트라에서는 지금도 밤꾀꼬리가 그의 무덤에서 우는데, 그리스와 다른 지방에서보다도 아름다운 소리로 운다고 전해지고 있다. 그의 리라는 제우스에 의해서 별자리 사이에 놓여졌다.

망령이 된 그는 다시 또 타르타로스에 내려가 에우리디케를 찾아 냈다. 그들은 행복에 취해 함께 들판을 거닐었다. 때로는 그가 앞서기도 하고 때로는 그녀가 앞서기도 하면서. 오르페우스는 이제 벌을 받을 염려 없이 마음껏 그녀를 바라볼 수 있었다.

오리온

오리온은 포세이돈의 아들로서 아름다운 몸매를 지닌 힘센 사냥꾼이다. 포세이돈은 그에게 바닷속을 걸어갈 수 있는 힘을 주었다.

오리온은 키오스 섬의 왕 오이노피온의 딸 메로페를 사랑하여 그녀에게 구혼했다. 그는 섬에 있는 야수를 사냥해 애인에게 선물로 가져왔으나 오이노피온이 결혼을 승낙하지 않자, 오리온은 처녀를 완력으로써 자기의 것으로 만들려고 했다. 그녀의 아버지는 격분하여 오리온을 술에 취하게 한 후 두 눈을 뽑고 해변에 버렸다. 장님이 된 오리온은 외눈박이 거인족(키클로프스)의 망치 소리를 따라 길을 더듬어 렘노스섬에 도착하여 헤파이스토스의 대장간으로 갔다. 헤파이스토스는 그를 불쌍히 여겨 직공 케달리온으로 하여금 그를 아폴론의 궁전으로 데려가도록 했다. 오리온은 케달리온을 어깨에 메고 동쪽을 향해 나아갔다. 그리고 그곳에서 태양의 신인 아폴론을 만나 그의 광선으로 시력을 되찾았다.

그후에 그는 여신 아르테미스와 함께 살았다. 그들이 장차 결혼할 것이라는 소문이 돌자, 여신의 오빠 아폴론은 이를 달갑지 않게 생각하여 그녀를 종종 꾸짖었다. 그러나 아무 소용이 없자, 어느 날 아폴론은 오리온이 머리를 수면 위에 내놓고 거니는 것을 보고 「너는 저 바다의 검은 물체를 도저히 맞힐 수 없을 거야」 하며 아르테미스를 부추겼다. 그러자 활의 명수인 여신은 운명의 목적물을 향해 활을 쏘았다. 파도가 오리온의 시체를 해안으로 몰고오자 아르테미스는 슬퍼하며 그를 별들 가운데에 놓았다.

오리온자리는 허리띠를 띠고, 칼을 차고, 사자의 모피를 몸에 두르고, 지팡이를 손에 든 거인의 모습이다. 그리고 사냥개인 세이리오스가 뒤를 따르고, 플레이아데스가 그의 앞에서 날듯이 달아나고 있다. 플레이아데스란 아틀라스의 딸들로 아르테미스의 시녀인 님프들이다.

어느 날 오리온이 그녀들을 보고 매혹되어 뒤쫓아갔다. 놀란 님프들이 어찌할 바를 몰라 신들에게 모습이 바뀌게 해 달라고 기도하자 제우스는 그녀들을 불쌍히 여겨 비둘기로 만들어 하늘의 별자리가 되게 하였다. 그녀들의 수는 일곱이었으나 별로 보이는 것은 여섯 개뿐이다. 그녀들 가운데 하나인 엘렉트라가 트로이가 함락되는 것을 보지 않으려고 그곳을 떠났기 때문이라고 한다. 트로이는 그녀의 아들인 다르다노스가 세운 나라였던 것이다. 그녀의 자매들도 트로이가 함락되는 광경을 보고 속이 상한 나머지 안색이 창백해졌다.

트로이 전쟁

　지혜의 여신 아테나도 어떤 때는 지혜롭지 않은 행동을 한다. 한때 그녀는 자기의 아름다움을 과시하기 위해 헤라 및 아프로디테와 경쟁한 일이 있다. 그 일은 이렇게 해서 일어났다.

　펠레우스와 테티스의 결혼식에 불화의 여신 에리스를 제외한 모든 신들이 초대를 받았다. 에리스는 자기만 제외된 것에 화가 나서 잔치 자리에 황금 사과를 하나 던졌는데, 그 사과에는 '가장 아름다운 여신에게' 라고 씌어 있었다. 그래서 헤라와 아프로디테와 아테나는 제각기 그 사과가 자기 것이라고 우겼다. 제우스는 이런 미묘한 문제에 끼여들기 싫어서 세 여신을 이다 산으로 보냈다. 그곳에서는 파리스라는 양치기가 제우스의 양 떼를 돌보고 있었는데, 제우스는 그에게 그 심판을 맡겼다.

　헤라는 파리스에게 힘과 재산을 주겠다고 말했다. 아테나는 전쟁에서의 영광과 공명을 주겠다고 했으며, 아프로디테는 세상에서 가장 아름다운 여자를 아내로 삼게 해 주겠다고 약속했다. 마침내 파리스는 아프로디테의 편을 들어 그녀에게 황금 사과를 주었다. 그리하여 그는 다른 두 여신을 적으로 만들었다. 파리스는 아프로디테의 보호 아래 그리스로 건너가 스파르타 왕 메넬라오스의 환대를 받았다. 메넬라오스의 아내 헬레네는 세계에서 가장 아름다운 여인으로서 아프로디테가 파리스의 아내로 예정한 여인이었다.

그리스의 많은 족장들이 그녀에게 구혼을 했다. 그리고 그녀의 결단이 알려지기까지 그들은 구혼자 중의 한 사람인 오디세우스의 권유에 따르기로 하여, 그녀를 모든 박해로부터 수호하고, 필요한 경우에는 그녀를 위하여 복수를 해 주겠다고 맹세했다.

그녀가 마침내 메넬라오스를 선택하여 행복하게 살고 있을 때, 파리스가 손님으로 온 것이다. 파리스는 아프로디테의 도움을 받아 그녀를 유혹하여 트로이로 데리고 갔다. 그 일이 발단이 되어 저 유명한 트로이 전쟁이 일어나게 된 것이다.

메넬라오스는 그리스의 족장들이 맹세한 것을 상기시키며 트로이를 침공하는 데 협력해 줄 것을 요구했다. 그들은 대부분 이에 응해서 출정했다. 그러나 오디세우스는 이미 페넬로페와 결혼하여 행복하게 지내고 있었으므로, 그런 귀찮은 일에 끼여들고 싶은 생각이 없었다. 그래서 그는 팔라메데스가 이타케에 도착하자 미치광이로 가장하여 나귀와 황소를 쟁기에 메고 씨앗 대신 소금을 뿌리기 시작했다.

팔라메데스가 그를 시험하기 위하여 그의 어린 아들 텔레마코스를 쟁기 앞에다 놓자, 그는 쟁기를 옆으로 돌렸다. 이로써 미치광이가 아니라는 것이 밝혀져 오디세우스는 자신이 한 약속을 이행할 수밖에 없었다. 출정하기로 마음먹은 그는 출정을 원하지 않는 다른 족장들, 특히 아킬레스를 출정시키는 데 힘썼다. 아킬레스는 에리스가 분쟁의 황금 사과를 잔치 자리에 던져 넣었던 바로 그 결혼식의 주인공 테티스의 아들이었다.

테티스는 바다의 님프로서 신의 위치에 있었다. 그래서 자기 아들이 원정에 참가하면 트로이 전쟁에서 죽을 운명이라는 것을 알고 아들의 참전을 막으려고 했다. 그녀는 그를 리코메데스 왕의 궁전으로 보내, 여장을 하고 왕의 딸들 사이에 몸을 숨기도록 했다.

오디세우스는 아킬레스가 리코메데스 왕의 궁전에 있다는 말을 듣고 상인으로 변장하여 궁전으로 갔다. 그리고 여자의 장식품을 내놓았는데, 그 속에는 약간의 무기도 섞여 있었다. 장식품 구경에 열중하는 왕의 딸들과는 달리 아킬레스는 무기를 만졌다. 그러자 오디세우스는 그의 정체를 알아차리고 어렵지 않게 그를 설득하여 전쟁에 참가시키는 데 성공했다.

프리아모스는 트로이의 왕이었고, 양치기요 헬레네를 유혹한 파리스는 그의 아들이었다. 파리스는 남몰래 양육되었다. 그는 태어날 때부터 장차 나라의 화근이 될 불길한 징조를 안고 있었기 때문이다. 이 징조는 마침내 실현될 것처럼 보였다. 왜냐하면 그리스 군은 전에 없이 대규모의 전쟁 준비를 갖추었기 때문이다. 미케네의 왕이요, 피해를 입은 메넬라오스의 형 아가멤논이 총지휘자로 선출됐다.

아킬레스는 그들 중에서 가장 유명한 무사였다. 그 다음으로 이름난

무장은 아이아스였는데, 그는 몸집이 크고 대단히 용감했으나 지혜롭지는 못하였다. 또한 디오데스는 영웅다운 자질에 있어서 아킬레스 다음가는 무장이었다. 오디세우스는 지자(智者)로서 유명했으며, 네스토르는 그리스 군의 지휘자 중 최연장자로서 고문격으로 존경을 받았다.

한편, 트로이도 만만치 않았다. 국왕 프리아모스는 이제 늙었으나 현명한 군주로서 선정을 베풀어 나라를 부강하게 만들었으며, 많은 이웃들과 동맹을 맺고 있었다. 그리고 그의 아들 헥토르는 고대 이교도 가운데 가장 고귀한 인물 중의 하나였다. 그는 처음부터 조국의 멸망을 예감했지만, 영웅적인 저항을 계속했다. 그러나 조국의 운명을 이와 같이 위태롭게 한 행위(동생 파리스의 행위를 가리킴)를 정당시하지는 않았다. 안드로마케와 결혼한 그는 무사로서뿐만 아니라 남편으로서, 그리고 아버지로서도 훌륭했다. 헥토르 이외에 트로이 군의 중요 지휘자는 아이네이아스, 데이포보스, 글라우코스, 사르페돈 등이었다.

2년 동안 전쟁 준비를 갖춘 그리스 함대는 보이오티아의 아울리스 항에 집결했다. 아가멤논은 이곳에서 사냥을 하다가 아르테미스에게 바쳐진 숫사슴을 죽였다. 그러자 여신은 그에 대한 복수로 군대 안에 악질을 퍼뜨리고, 배가 항구에서 떠나지 못하게끔 바람을 잠재웠다. 이때 예언자 칼카스가 여신의 노여움을 가라앉히기 위해서는 처녀를 제물로 바쳐야 한다면서, 죄인의 딸이 아니면 받아들여지지 않을 것이라고 말했다. 아가멤논은 어쩔 수 없이 딸 이피게네이아를 아킬레스와 결혼시킨다는 핑계로 데려왔다. 그녀가 제물로 바쳐지려는 순간 마음이 풀린 여신은, 그 자리에 암사슴을 한 마리 남겨놓고 그녀를 납치하여 구름으로 몸을 가린 채 타우리스로 데리고 가서 자기 신전의 사제로 삼았다.

이윽고 바람이 불자, 함대는 출범하여 무사히 군대를 트로이 해안에 옮겨놓았다. 트로이 군은 그리스 군의 상륙을 저지하기 위해 진격하였다. 최초의 공격에서 프로테실라오스는 헥토르의 칼에 죽고 말았다. 프로테실라오스에게는 그를 사랑하는 아내 라오다메이아가 있었다. 남편이 전사했다는 소식에 그녀는 단 3시간 동안만 남편과 말하게 해 달라고 신들에게 빌었다. 이 탄원은 허락되어 헤르메스는 프로테실라오스를 이 세상에 다시 데리고 왔다. 그가 두 번째로 죽을 때 라오다메이아도 그와 더불어 죽었다.

프로테실라오스의 무덤에 님프들이 느릅나무 한 그루를 심었는데, 이 나무는 트로이를 내려다볼 수 있을 만큼 높이 자랐다고 전해진다.

전쟁은 결정적인 승패 없이 9년 동안 계속되었다. 그러던 차에 그리스 군에게 치명적인 사건이 일어났다. 그것은 아킬레스와 아가멤논 사이의 불화였다. 호메로스의 위대한 서사시 「일리아스(트로이의 노래)」는 여기서부터 시작된다.

그리스 군은 트로이에 대해서는 승리를 거두지 못하였으나, 그 이웃에 있는 동맹국을 공략하여 많은 전리품을 획득했는데, 그 가운데 크리세이스라는 여자 포로가 아가멤논의 차지가 되었다. 크리세이스는 아폴론의 사제 크리세스의 딸이었다. 크리세스는 사제의 표시를 몸에 지니고 와서 딸을 방면해 줄 것을 간청했다. 그러나 아가멤논이 거절하자, 크리세스는 자기 딸을 풀어 줄 때까지 그리스 군을 괴롭혀 달라고 아폴론에게 간청했다.

아폴론은 그의 청을 들어 주어 그리스 군에 악질이 퍼지게 했다. 마침내 신들의 분노와 역병을 가라앉히기 위해 회의가 소집되었다.

아킬레스는 아가멤논이 크리세이스를 잡아 두는 바람에 이런 재앙이 일어났다고 말했다. 그의 말에 아가멤논이 노해서 포로를 놓아 주기로 하였지만, 그 대신 같은 전리품의 일부로서 아킬레우스가 차지했던 브라세이스라는 여자를 넘기라고 요구했다. 아킬레스는 이에 복종하였으나, 자기는 이후 전쟁에서 손을 떼겠다고 선언하고, 군대를 진영에서 빼내 그리스로 돌아가겠다고 말했다.

신들과 여신들은 전쟁에 참가한 사람들 못지않게 이 유명한 전쟁에 관심을 보였다. 신들은 그리스 군이 지구전을 하고 자진하여 전쟁을 포기하지만 않으면 결국은 트로이가 패배할 운명이라는 것을 알고 있었다. 그러나 양군에 각각 가담한 신들의 희망과 근심을 자극할 우연의 여지는 아직 남아 있었다.

헤라와 아테나는 파리스가 자신들의 미를 무시했기 때문에 트로이 군에 대해 적의를 품고 있었다. 반대로 아프로디테는 트로이 군 편을 들었다. 아프로디테는 자기를 숭배하고 있는 아레스를 트로이 편에 가담케 했으나, 포세이돈은 그리스 편을 들었다. 아폴론은 중립을 지켰고, 제우스는 현명한 군주 프리아모스를 사랑했으나, 어느 정도 공평한 태도를 잃지 않았다. 그러나 예외의 경우도 있었다.

아킬레스의 어머니 테티스는 자기 아들에게 가해진 모욕에 몹시 노했다. 그래서 그녀는 곧바로 제우스의 궁전으로 찾아가 트로이 군이 이기게 함으로써 그리스 군이 아킬레스에게 가한 무례를 뉘우치게 해 달라고 탄원했다. 제우스는 이를 승낙했으므로, 다음 전투에서는 트로이 군이 크게 승리하였다. 그리스 군은 싸움터에서 쫓겨 군함 속으로 물러나고 말았다.

마침내 아가멤논은 회의를 열어 현명하고 용감한 무장들로부터 의견을 들었다. 네스토르는 불화의 원인인 여인과 선물을 아킬레스에게 보내, 그를 싸움터로 복귀시키자고 제안했다. 아가멤논은 이 의견을 받아들여, 오디세우스와 아이아스와 포이닉스를 사죄의 사절로 보냈다. 그러나 그들이 여러 번 간청했음에도 불구하고 아킬레스의 마음을 돌리지는 못했다. 아킬레스는 지체없이 그리스를 향해 배를 돌리라고 명령했다.

그리스 군은 배 주위에 방벽을 구축하였다. 그래서 그들은 이제는 트로이를 공격하는 대신 그 방벽 안에서 오히려 자신을 호위하는 형편이 되었다.

아킬레스에게 사절을 파견했으나 성공하지 못한 다음날, 새로운 전투가 벌어졌다. 제우스의 도움으로 승리를 거둔 트로이 군이 그리스 군의 방벽 일부를 뚫고 배에다 불을 지르려고 했다.

그리스 군의 상황이 불리해지자, 포세이돈은 예언자 칼카스의 모습으로 변장하고 나타나 크게 소리치며 장병들을 부추겼다. 그 때문에 그리스 군의 사기가 다시 올라가 트로이 군을 퇴각시켰다. 특히 아이아스는 여러 번 맹위를 떨쳤으며, 마침내 헥토르와 맞붙게 되었다. 아이아스가 소리치며 도전하자 헥토르는 이에 응하여 창을 던졌다. 그것은 잘 겨냥되어 아이아스의 가슴——칼을 맨 띠와 방패를 맨 띠가 십자형으로 교차된 곳——을 맞혔다. 그러나 칼과 방패가 창이 관통하는 것을 막았기 때문에 부상을 입히지 못한 채 땅에 떨어졌다. 이에 아이아스는 큰 돌을 집어들어 헥토르를 향해 던졌다. 돌은 헥토르의 목에 맞아 헥토르는 들판에 나가떨어졌다. 부하들이 달려와 심한 상처를 입은 헥토르를 싣고 갔다.

포세이돈이 이렇게 그리스 군을 쫓고 있는 동안, 제우스는 어떤 일이 벌어지고 있는지 전혀 알지 못했다. 이는 그가 헤라의 계략에 넘어가 싸움터에는 신경을 쓰지 않았기 때문이다. 헤라는 갖은 수단을 다 써서 매력적으로 몸치장을 했다. 특히 아프로디테로부터 빌린 케스토스라는 허리띠는, 그것을 띠고 있는 사람의 매력을 더없이 높이는 힘을 가지고 있었다. 이렇게 몸치장을 하고 헤라는 올림포스 산 위에 앉아서 전투 광경을 내려다보고 있던 남편 곁으로 갔다. 그녀의 모습이 너무나 아름다워서 제우스의 가슴에 지난날의 불타는 사랑이 되살아났다. 그는 전쟁이나 그 밖의 다른 일을 잊어버리고 오직 그녀만을 생각하게 되어, 전쟁을 방치했던 것이다.

그러나 이런 상태는 오래 계속되지 않았다. 눈을 지상으로 돌려 헥토르가 부상을 입어 거의 생명이 끊어질 지경임을 보고 제우스는 크게 노했다. 그는 곧 헤라를 물리치고 무지개의 여신 이리스와 아폴론을 불러 오라고 분부했다. 이리스가 오자, 그는 그녀를 포세이돈에게 보내 속히 싸움터에서 물러나라고 명령했다. 또 아폴론은 헥토르의 부상을 치료하고 원기를 북돋기 위하여 파견되었다. 이런 명령들은 너무나 신

속히 이루어졌으므로, 아직 전투가 계속되고 있는 동안에 헥토르는 싸움터로 되돌아갔고, 포세이돈은 자기의 본분을 찾아 물러났다.

파리스가 쏜 화살 하나가 아이클레피오스의 아들 마카온에게 상처를 입혔다. 마카온은 아버지의 의술을 계승하였으므로, 용감한 무사일 뿐만 아니라 군의로서 그리스 군에 없어서는 안 될 인물이었다. 네스토르는 마카온을 그의 이륜 마차에 태우고 싸움터에서 물러났다. 그들이 아킬레스의 함대 곁을 지날 때, 아킬레스는 늙은 네스토르를 알아보았으나 부상당한 장군이 누구인지는 알지 못했다. 그래서 그가 가장 아끼는 파트로클로스라는 친구를 네스토르의 병영으로 보냈다.

파트로클로스는 네스토르의 진영에 도착하여 부상당한 장군이 마카온이라는 것을 알았다. 그래서 자기가 온 까닭을 이야기하고 바로 돌아가려고 하였는데, 네스토르가 만류하며 그리스 군의 비참한 상황을 모두 이야기했다. 네스토르의 이야기를 듣고 파트로클로스는 아킬레스와 자기가 트로이를 향하여 출발할 때 각자의 아버지로부터 서로 다른 충고를 들은 것——아킬레스는 최대의 공명을 올릴 것을, 파트로클로스는 연장자로서 친구를 감독하여 그의 미숙함을 지도해 주라는 충고를 받았다——을 상기했다. 네스토르는 계속 말했다.

「지금이야말로 그대들이 아버지의 충고를 따를 시기요. 신들이 허용한다면 그대는 아킬레스를 다시 싸움터에 나오도록 할 수 있을 것이오. 아니면 그의 군사들만이라도 싸움터로 보내도록 하시오. 그리고 그대 파트로클로스는 아킬레스의 갑옷을 입고 나오시오. 그 모습만 보아도 트로이 군이 달아날 것이오.」

파트로클로스는 네스토르의 말을 듣고 마음이 움직였다. 그리고 그가 본 것과 들은 것을 깊이 생각하면서 아킬레스가 있는 곳으로 돌아갔다. 그는 최근까지 자기들의 막료였던 무사들의 진영에서 벌어진 비참한 광경을 아킬레스에게 전했다. 디오메데스, 오디세우스, 아가멤논, 마카온은 모두 부상당하고, 방벽은 파괴되었으며, 배 안으로 들어온 적들은 그리스로 돌아가지 못하게 배를 불태우고 있다는 이야기를 했다. 그들이 이와 같은 이야기를 하고 있을 때, 한 함선에서 불꽃이 일어났다. 아킬레스는 그 광경을 보자 마음이 풀려, 파트로클로스에게 소원대로 미르미도네스(아킬레스의 병사들)를 싸움터로 인솔해 갈 것을 승낙하고 갑옷도 빌려 주었다. 곧 병사들이 정렬되고, 파트로클로스는 찬란한 갑옷을 입고 아킬레스의 이륜 마차에 올라탄 후 병사들의 선두에 나섰다.

그러나 떠나기 전에 아킬레스는 적을 물리치는 정도에 그치라고 엄격히 당부하며 이렇게 덧붙였다.

「혼자서 트로이 군을 추격해서는 안 된다. 그것은 오히려 내 명예를 손상시킬 것이다.」

그리고 병사들에게 최선을 다할 것을 명령한 후 의기충천한 그들을 싸움터로 보냈다.

파트로클로스와 그의 군대는 곧 격전이 벌어지고 있는 곳으로 뛰어들었다. 이 광경을 본 그리스 군은 함성을 지르며 적진으로 돌진해 들어갔다. 트로이 군은 아킬레스의 갑옷을 보자 공포에 떨며 달아날 곳을 찾기에 바빴다. 배를 점령하고 불을 지른 자들이 제일 먼저 달아났으므로, 그리스 군은 배를 탈환하여 불을 껐다. 그러자 나머지 트로이 군도 당황하여 서둘러 도주했다. 아이아스와 메넬라오스와 네스토르의 두 아들은 가장 용감하게 싸웠다. 이 때문에 적장 헥토르는 부득이 말머리를 돌려 포위망을 뚫고 퇴각하지 않으면 안 되었다. 그의 부하들도 도망치려고 허둥거렸다. 파트로클로스는 쫓고 쫓아서 수많은 적병을 죽였다. 아무도 그에게 대항하려는 자가 없었다.

마침내 제우스의 아들 사르페돈이 파트로클로스에게 덤벼들었다. 그것을 내려다보고 있던 제우스는 자기 아들을 구해 주려고 했으나, 헤라는 만약 제우스가 그렇게 하면 하늘에 있는 다른 신들도 자기 자손이 위태롭게 되면 간섭할 것이라고 말했다. 제우스는 옳다고 생각하여 헤라의 말을 들었다. 사르페돈은 창을 던졌으나 파트로클로스를 맞히지는 못했다. 그러나 파트로클로스가 던진 창은 사르페돈의 가슴을 꿰뚫어 그를 쓰러뜨렸다. 사르페돈은 자기의 시체를 적의 손에 넘기지 말라고 친구들에게 호소하면서 죽었다. 그리스 군은 승리를 거두었고, 사르페돈의 갑옷은 벗겨졌다.

제우스는 아들의 시체가 수모당하는 것을 가만히 보고 있을 수가 없었다. 그의 명령을 받은 아폴론은 병사들 속에서 사르페돈의 시체를 탈취하여 쌍둥이 형제인 휘프노스(잠의 신)와 타나토스(죽음의 신)에게 보살피라고 맡겼다. 그들은 시체를 사르페돈의 고향으로 옮겨가 그곳에서 장례를 지냈다. 여기까지는 파트로클로스가 성공을 거두어, 트로이 군을 물리치고 그리스 군의 위세를 되찾았으나 또다시 운명은 바뀌고 있었다.

헥토르가 이륜 마차를 타고 그에게 대항해 왔다. 파트로클로스는 커다란 돌을 들어 헥토르를 향해 던졌다. 돌은 빗나가서 마부 케브리오네스를 맞혀 그가 이륜 마차에서 굴러떨어졌다. 헥토르는 전우를 돕기 위해 마차에서 뛰어내렸다. 그러자 파트로클로스도 뛰어내려 두 영웅은 서로 대치하였다. 이 결정적인 순간에 태양의 신 아폴론이 파트로클로스를 쳐서 그의 투구가 벗겨졌고 손에 든 창을 떨어뜨렸다. 동시에 무명의 한 트로이 병사가 그의 등에 상처를 입히자 헥토르가 돌진하여 창으로 찔러 파트로클로스는 치명상을 입고 쓰러졌다.

그러자 파트로클로스의 시체를 둘러싸고 큰 싸움이 벌어졌다. 결국 헥토르가 파트로클로스가 입고 있던 아킬레스의 갑옷을 손에 넣어 아킬레스의 갑옷으로 바꾸어 입고 다시 전투를 시작하였다. 아이아스와 메넬라오스는 파트로클로스의 시체를 보호하려 하고 헥토르와 그의 병사들은 시체를 빼앗기 위해 싸웠다. 승부를 가리지 못한 채 격렬한 전쟁이 계속되고 있을 때, 제우스가 하늘 전체를 검은 구름으로 가렸다. 번갯불이 번쩍이고 뇌성 벽력이 일었다.

아이아스는 파트로클로스의 죽음과 그 시체가 적의 손아귀에 넘어갈 위기라는 사실을 아킬레스에게 알리기 위해 사람을 찾았으나, 적당한 사자를 발견할 수가 없었다. 이때 그는 다음과 같이 부르짖었다고 한다.

땅과 하늘의 주여!
오, 왕이여! 오, 아버지여!

저의 천한 기도를 들어 주십시오!

이 구름을 몰아 버리고,

다시 하늘의 빛을 내려 주십시오.

무엇을 볼 수 있도록 해 주신다면

아이아스는 더 바랄 것이 없습니다.

그리스 군이 멸망할 운명이라면

우리도 그 뜻에 따르겠습니다.

그러나 제발 우리를

대낮의 햇빛 속에서 죽게 해 주십시오!

(이 시는 영국의 시인 포프가 번역한 것임)

제우스는 그 기도를 받아들여 구름을 흩어지게 했다. 그래서 아이아스는 안틸로코스를 아킬레스에게 보내 파트로클로스의 전사 소식을 알렸다. 마침내 그리스 군은 시체를 배로 옮길 수 있었지만, 헥트로를 선두로 트로이 군이 추격해 왔다.

친구의 부음을 들은 아킬레스가 어찌나 슬퍼하였는지, 안틸로코스는 아킬레스가 혹시 자살을 기도하지 않을까 하고 걱정했을 정도였다. 아킬레스의 신음소리는 바닷속 깊이 살고 있는 그의 어머니 테티스의 귀에까지 들렸다. 테티스는 아들이 슬퍼하는 이유를 알기 위해 아들에게로 왔다. 아킬레스는 자기가 아가멤논에게 원한을 품었기 때문에 친구를 죽게 하였다는 자책감에 시달리고 있었다. 그의 유일한 위안은 복수뿐이었다.

아킬레스는 곧장 헥토르를 찾아가 복수하고 싶었다. 그러나 테티스는 아들에게 갑옷이 없다는 사실을 상기시키고, 내일 아침까지만 기다린다면 헤파이스토스로부터 전에 입었던 것보다 더 훌륭한 갑옷을 한 벌 가져다 주겠다고 약속했다. 그가 수긍하자, 테티스는 바로 헤파이스토스의 궁전으로 갔다.

헤파이스토스는 아킬레스를 위해서 훌륭한 갑옷을 한 벌 만들어주었다. 그는 곰곰이 궁리를 하여 방패와 투구 그리고 갑옷을 만들었는데, 그것들은 모두 하룻밤 만에 완성되었다. 테티스는 그것을 받아 가지고 지상으로 내려가서 새벽녘에 아킬레스의 발 밑에 갖다 놓았다.

훌륭한 갑옷을 본 아킬레스는 파트로클로스가 죽은 이래 처음으로 기쁨을 느꼈다. 아킬레스는 갑옷을 입고 곧 진영으로 나가 대장들을 불러 모았다. 아가멤논이 모든 불화의 책임을 여신 아테나에게 돌리고 화친을 청해 왔으므로, 두 영웅은 다시 옛날처럼 동맹을 맺게 되었다.

아킬레스는 분노와 복수심에 불타서 종횡무진 적들을 무찔렀다. 용감한 무사들도 그를 피하거나 도망치다가 그의 창에 맞아 쓰러졌다. 헥토르는 아폴론의 경고를 받아들여 접근을 피했다. 아폴론은 프리아모스의 아들 리카온의 모습으로 변장하고 아이네이아스를 부추겨 아킬레스에게 대항하도록 했다.

아이네이아스는 자기가 아킬레스의 상대가 되지 못한다는 것을 알고 있었으나 대항하기로 결심했다. 그는 헤파이스토스가 만든 방패를 향해 온 힘을 다하여 창을 던졌다. 그 방패는 다섯 개의 금속판으로 되어 있었다. 두 개는 놋쇠, 다른 두 개는 주석, 그리고 한 개는 금이었다.

창은 두 개의 판을 관통하고 세 번째 판에서 정지되었다. 다음에 아킬레스가 던진 창은 어김없이 명중했다. 그것은 아이네이아스의 방패를 관통하였으나, 어깨 부근에서 빗나가 상처를 입히지는 못하였다. 그러자 아킬레스는 칼을 빼들고 돌진하려 했다. 이를 본 포세이돈은 필시 아이네이아스가 다치리라 생각하고 두 사람 사이에 구름을 일으켰다. 그리고 아이네이아스를 떠오르게 하여 무장들과 군마의 머리 위를 넘어 후방으로 운반했다. 구름이 걷힌 뒤 아킬레스는 아이네이아스를 찾았으나 보이지 않자, 다른 적들을 무찌르기 위해 말머리를 돌렸다. 아무도 그에게 대항하는 자가 없었다.

한편, 프리아모스가 성벽 위에서 내려다보니, 트로이 군대가 성을 향해서 전력을 다하여 도주하고 있었다. 그는 곧 도망병을 받아들이기 위해서 문을 활짝 열도록 명령했다. 그러나 아킬레스가 곧바로 추격해 왔으므로 성문을 닫을 겨를이 없었다. 그러자 아폴론은 프리아모스의 아들 아게노르의 모습으로 변장해 잠시 동안 아킬레스와 싸우는 체하다가 몸을 돌려 그를 성 밖으로 유인했다.

아킬레스가 적을 추격하여 성벽에서 멀리 떨어진 곳에 이르렀을 때, 이윽고 아폴론이 정체를 드러냈다. 아킬레스는 속은 것을 깨닫고 추격을 단념하였다. 사람들이 모두 성 안으로 도피하였으나, 오직 한 사람 헥토르만이 성 밖에서 기다리고 있었다. 그의 늙은 아버지는 성벽에서 그를 부르며 퇴각하라고 애원했으며, 어머니 헤카베도 부디 싸움을 그만두라고 간청했으나 헥토르는 듣지 않고 속으로 중얼거렸다.

'많은 전사들이 내 명령으로 싸움터에 나갔다. 거기서 숱한 부하들이 전사하였는데, 어찌 나 혼자 적을 피해 도망친단 말인가. 그러나 내가 그에게 헬레네와 그녀의 모든 재물과 우리가 가지고 있는 재물까지도 다 양도하겠다고 제언하면 어떨까? 그래서는 안 되지. 너무 늦었어. 그는 내 말을 다 듣지도 않고 말하는 동안에 나를 죽일 것이다.'

그가 이런 생각에 잠겨 있는 동안 아킬레스는 무시무시한 형상으로 다가왔다. 그의 갑옷은 그가 움직일 때마다 번갯불같이 번쩍거렸다. 그 모습을 보자 헥토르는 사기를 잃고 도망쳤다. 아킬레스는 재빨리 추격하였다. 그들은 성벽을 끼고 달렸으며, 그 주위를 세 바퀴나 돌았다. 헥토르가 성에 접근하자, 아킬레스는 그를 가로막아 더 넓은 곳으로 나가 돌게 했다. 그러나 아폴론이 헥토르에게 힘을 더해 주었기 때문에 헥토르는 좀처럼 지치지 않았다.

그러자 여신 아테나가 헥토르의 가장 용감한 아우 데이포보스의 모습으로 변장하여 돌연 헥토르 앞에 나타났다. 헥토르는 그를 보자 용기를 얻어 아킬레스와 맞섰다. 그리고는 아킬레스를 향해 창을 던졌다. 창은 아킬레스의 방패에 맞고 튀었다. 헥토르는 데이포보스에게서 다시 던질 창을 받기 위해 뒤를 돌아보았으나, 데이포보스는 이미 사라지고 없었다. 헥토르는 자기의 운명을 깨닫고 말했다.

「아! 이제 나의 죽음이 가까이 왔나 보다! 나는 데이포보스가 곁에 있는 줄 알았는데, 아테나가 나를 속였구나. 그러나 나는 부끄러운 죽음은 하지 않겠다.」

그러면서 그는 허리에서 칼을 빼어들고 곧 돌진했다. 아킬레스는 방패로 몸을 숨기고 헥토르가 다가오기를 기다리고 있었다. 헥토르가 사정 거리 안에 들어오자, 아킬레스는 헥토르의 목을 겨냥하여 창을 던졌다. 헥토르는 치명상을 입고 쓰러지면서 힘없이 말했다.

「나의 시체만은 돌려 주시오! 나의 양친에게 몸값을 받고 돌려 주시오. 트로이의 아들딸들의 손에 장례를 치르도록 해 주시오.」

이 말에 아킬레스는 대답했다.

「그런 말은 듣기도 싫다. 네가 얼마나 나에게 괴로움을 주었는지 생각해 보라. 절대로 그럴 수 없다. 어떤 것과도 네 시체와 바꾸지 않겠다. 아무리 몸값을 많이 가져온다 해도, 설령 네 몸무게와 비슷한 금을 가지고 온다 하더라도 나는 다 거절하겠다.」

아킬레스는 헥토르의 갑옷을 벗기고 두 발을 자신의 이륜 마차에 매달았다. 그리고 말에 채찍질을 하여 트로이 성 앞에서 시체를 이리저리 끌고 다녔다. 이 광경을 본 프리아모스 왕과 왕후 헤카베의 비통한 마음은 어떤 말로도 형용할 수 없을 것이다. 신하들은 뛰어나가려는 왕을 겨우 제지했다. 그는 땅에 몸을 던진 채 신하들의 이름을 부르면서 놓아 달라고 애원했다.

헤카베의 슬픔도 왕 못지않았다. 사람들이 울면서 그들의 주위를 에워쌌다. 사람들의 울부짖는 소리가 시녀들 사이에 앉아 있던 헥토르의 아내 안드로마케의 귀에도 들려 왔다. 그녀는 불안을 감추지 못하고 성벽 쪽으로 나갔다. 그곳에서 벌어진 광경을 보고 그녀는 기절을 하고 말았다. 정신이 들자 그녀는 조국은 멸망하고, 자신은 포로가 되고, 아들은 이방인들의 동정을 구하며 걸식하는 광경을 눈앞에 그리면서 자신의 운명을 한탄했다.

이로써 아킬레스와 그리스 군은 파트로클로스의 원수를 갚았으므로, 이제 그의 장례식을 준비하기에 바빴다. 시체는 엄숙한 분위기 속에서 화장되었다. 그 다음 힘과 기술을 겨루는 경기, 즉 이륜 마차 경주 · 격투기 · 권투 · 궁술 등이 거행되었다. 그리고 무사들은 장례의 향연에 참석한 뒤 물러가서 쉬었다. 그러나 아킬레스는 향연에도 참석하지 않고 잠도 자지 않았다. 친구를 잃은 슬픔이 잠을 달아나게 했다. 싸움터에서, 위험한 대양에서 같이 고생했던 일이 떠올라 잠을 이룰 수가 없었기 때문이다.

날이 새기 전에 아킬레스는 막사를 나와 이륜 마차 뒤에 헥토르의 시체를 매달았다. 그리고는 파트로클로스의 묘지 주위를 두 바퀴 돈 뒤 시체를 아무렇게나 방치하였다. 그러자 아폴론이 헥토르의 시체가 더 이상 손상되지 않도록 모든 더러움과 모욕으로부터 지켜 주었다.

아킬레스가 이와 같이 용감한 헥토르를 모독함으로써 분노를 풀고 있는 동안, 제우스는 헥토르를 불쌍히 여겨 테티스를 불렀다. 제우스는 아들에게 가서 헥토르의 시체를 트로이 군에 돌려 주도록 타이를 것을 분부했다. 그리고 무지개의 여신을 프리아모스 왕에게 파견하여, 아킬레스에게 가서 아들의 시체를 반환해 줄 것을 요청하라고 일렀다. 무지개의 여신이 이를 전하자, 프리아모스는 이에 따를 준비를 했다.

그는 보물 창고를 열어 귀중한 옷과 직물, 황금 10만 탈란트, 두 개의 훌륭한 삼각대와 뛰어난 세공으로 만들어진 황금잔을 꺼냈다. 그리고 아들을 불러 마차 안에 헥토르의 몸값으로 아킬레스에게 줄 물건들을 싣게 하였다. 준비가 다 되자 프리아모스는 마부 이다이오스 한 사람만 데리고 성문을 나와 헤카베 및 모든 친지들과 작별했는데, 그들은 왕이 죽으러 가는 것이나 다름없다며 비탄에 잠겼다.

그러나 제우스는 이 늙은 왕을 불쌍히 여겨 헤르메스를 그의 안내자 겸 보호자로 보냈다. 헤르메스는 젊은 무사로 변장하고 프리아모스 앞에 나타났다. 그를 본 두 사람이 도망을 칠까 항복을 할까 주저하자, 헤르메스는 프리아모스의 손을 잡고 아킬레스의 막사로 안내해 주겠다고 말했다. 프리아모스가 승낙하자, 헤르메스는 마차에 올라 고삐를 잡고 그들을 아킬레스의 막사로 데리고 갔다.

헤르메스는 지팡이의 마력으로 모든 파수병들을 잠들게 하여 방해받지 않고 막사에 앉아 있는 아킬레스에게 프리아모스를 안내했다. 늙은 왕은 아킬레스의 발 밑에 몸을 던지고 자기 아들을 죽인 무서운 손에 키스를 하며 말했다.

「오! 아킬레스여, 당신의 아버지도 나와 같이 늙어 내일 어찌 될지 모르는 운명에 처해 있다고 생각해 보십시오. 이웃 나라의 어떤 장수가 아버지를 억압하고 있는데, 곁에는 아버지를 재난으로부터 구해 줄 사람이 아무도 없다고 생각해 보십시오. 그 순간에도 아버지는 아들 아킬레스가 살아 있다는 것을 알고 있으므로, 언젠가는 만날 수 있으리라는 희망을 가지고 기뻐할 것입니다. 그러나 나는 트로이의 꽃이었던 아들을 잃었기 때문에 아무 위안도 받을 수가 없습니다. 그는 어떤 아들보다도 이 늙은이의 힘이 되었던 아들이었습니다만, 나라를 위해 싸우다가 당신의 손에 죽었습니다. 나는 그의 몸값으로 많은 재물을 가지고 왔습니다. 아킬레스여, 신들을 두려워하십시오! 그리고 부디 당신의 아버지를 생각해서 이 늙은이를 불쌍히 여겨 주십시오!」

그의 말은 아킬레스를 감동시켰다. 아킬레스는 멀리 떨어져 있는 아버지와 죽은 친구를 생각하며 눈물을 흘렸다. 프리아모스의 백발을 보자, 아킬레스는 연민의 정을 금할 수 없어 그를 일으켜세우면서 말했다.

「프리아모스여, 당신은 어느 신의 인도로 여기에 온 것입니까? 신의 도움 없이는 혈기왕성한 젊은이라도 감히 해낼 수 없는 일을 했소. 이것은 분명 제우스의 뜻이라고 생각하고 나는 당신의 청을 받아들이겠소.」

그리고 그는 일어나서 프리아모스와 더불어 밖으로 나가, 마차에서 다른 짐은 모두 내려놓고 시체를 덮을 두 벌의 외투와 한 벌의 옷만 남겨놓았다. 그리고 시체를 마차에 싣고 외투와 옷으로 덮었다. 시체를 트로이로 운반하는 동안에 노출되지 않도록 하기 위해서였다. 그리고 아킬레스는 헥토르의 장례를 위하여 12일 간의 휴전을 허락한 다음, 늙은 왕과 그 시종을 물러가게 했다.

마차가 가까이 오자, 멀리 성에서 이를 바라보던 군중은 영웅의 얼굴을 다시 한 번 보기 위해 몰려나왔다. 헥토르의 어머니와 아내가 제일 먼저 시체에 다가가 새로운 비탄의 눈물을 흘렸다.

이윽고 날이 밝자, 장례 준비가 시작되었다. 사람들은 9일 동안 장작을 가지고 와서 화장용 단을 쌓았다. 그리고 10일 만에 그 위에 시체를 올려놓고 불을 붙였다. 트로이 군중들이 몰려나와서 그 주위를 둘러쌌다. 나무가 다 타 버리자 그들은 남은 불덩이에 물을 뿌려 껐다. 그리고 유골을 모아 황금 항아리 속에 넣어 땅에 묻은 다음, 그 위에 돌로 분(墳)을 쌓아 올렸다.

「일리아스」의 이야기는 헥토르의 죽음으로 끝났다. 그러므로 우리가 그 밖의 영웅들의 운명에 대해서 알려면 「오디세이아」를 비롯한 그 이후의 작품을 살펴볼 수밖에 없다. 헥토르가 죽은 뒤, 트로이는 바로 함락되지 않고 새로운 동맹자의 도움을 얻어 저항을 계속했다.

이들 동맹자 중 한 사람은 에티오피아의 왕 멤논이었고, 또 한 사람은 아마존족의 여왕 펜테실레이아였다. 펜테실레이아는 여자로만 구성된 군대를 이끌고 왔는데, 그녀들의 용맹과 전적에 대해서는 많은 문헌에 나타나 있다.

펜테실레이아는 숱한 강적을 쳐부수었으나, 아킬레스에 의해 죽고 말았다. 아킬레스는 자기가 쓰러뜨린 적장 위에 몸을 구부리고 그 아름다움과 젊음과 용기에 감탄한 나머지 자기의 승리를 몹시 후회하였다. 데르시테스라고 하는, 싸움 잘하고 군중을 선동하는 무례한 자가 이를 조소하자, 아킬레스는 그를 죽여 버렸다.

아킬레스는 우연한 기회에 프리아모스 왕의 딸 폴릭세네를 본 일이 있었다. 헥토르의 장례를 위해 트로이 군과 휴전을 하고 있을 때였다. 아킬레스는 폴릭세네에게 반해서, 그녀를 주면 트로이 군과의 전쟁을 종식시킬 수 있도록 그리스 군을 설득하겠노라고 약속했다.

아킬레스가 아폴론의 신전에서 결혼 협정을 하고 있을 때, 파리스가 그를 향하여 독약을 바른 화살을 쏘았다. 화살은 아폴론의 인도를 받아 아킬레스의 발뒤꿈치에 맞았다. 아킬레스에게 치명적인 상처를 입힐 수 있는 유일한 곳은 그의 발뒤꿈치였다. 갓난아이였을 때 그의 어머니 테티스는 아이를 스틱스 강물에 담갔는데 아이의 발목을 잡고 있었으므로 아킬레스는 신체의 다른 모든 곳은 다치지 않았으나 발뒤꿈치만은 예외였다.

피살된 아킬레스의 시체는 아이아스와 오디세우스에 의해 구출되었다. 테티스는 아들의 갑옷을 생존자 중에서 그것을 받을 만한 가치가 있다고 인정된 영웅에게 주라고 그리스 군에게 명령을 내렸다. 그 결과 갑옷은 오디세우스에게 수여되었는데, 그것은 지혜를 용기보다 더 높이 평가했기 때문이다.

아이아스는 이에 충격을 받고 자살하였다. 그러자 그의 피가 땅 속으로 스며들어간 곳에서 히아신스 꽃이 한 송이 피어났는데, 그 잎에는 아이아스 이름의 처음 두 글자 '아이(Ai)'가 새겨져 있었다. 그것은 그리스 어로 '아아, 슬프다'라는 뜻이다.

트로이를 함락시키기 위해서는 헤라클레스 화살의 도움을 받아야 한다는 사실이 알려졌다. 그 화살은 헤라클레스의 친구로서 최후까지 그와 같이 있었고 그의 시체를 화장할 때 불을 붙인 필로크테테스가 갖고 있었다. 필로크테테스는 그리스 군에 참가했다가 우연히 독을 바른 화살에 발을 다쳤는데, 그 상처에서 심한 악취가 났으므로 동료들이 그를 렘노스 섬에 데려다 놓았다.

필로크테테스에게 다시 전쟁에 참가하도록 권유하기 위해 디오메데스가 파견되었다. 필로크테테스는 쾌히 승낙하였다. 그러자 마카온이 필로크테테스의 상처를 치료하였다. 그 위력적인 화살의 첫 번째 희생자는 파리스였다. 고통을 느끼며 파리스는 자기가 영화를 누리는 동안에 잊고 있었던 한 사람을 생각해 냈다. 그가 젊었을 때 결혼했으나 헬레네 때문에 버린 오이노네(그녀는 약초에 대한 지식을 가지고 있었음)라는 님프였다. 오이노네는 파리스의 소행을 괘씸하게 생각하여 그의 상처를 치료해 주지 않았기 때문에 파리스는 트로이로 돌아가서 죽었다.

오이노네는 곧 후회하여 약을 가지고 급히 뒤쫓아갔지만, 이미 때는 늦었다. 그녀는 너무나 슬픈 나머지 스스로 목을 매어 죽었다.

트로이에는 팔라디온이라 부르는 아테나의 유명한 조상(彫像)이 있었다. 그것은 하늘에서 내려온 것이라고 전해졌는데, 이 조상이 트로이에 있는 동안 트로이는 결코 함락되지 않는다고 굳게 믿고 있었다. 오디세우스와 디오메데스가 변장하고 성 안으로 들어가 팔라디온을 훔쳐 그리스 군 진영으로 가지고 갔다.

그래도 트로이는 함락되지 않았다. 그래서 그리스 군은 무력으로는 트로이를 정복할 수 없다는 것을 깨닫고, 오디세우스의 조언에 따라 한 가지 계략을 꾸몄다. 그들은 함대의 일부를 퇴각시켜 가까운 섬 뒤에 숨긴 다음, 거대한 목마를 만들었다. 그리고 그것을 아테나의 신전에 바칠 것이라는 소문을 냈다. 그러나 사실 그 속에는 무장한 병사들이 숨어 있었다. 그 밖의 그리스 군은 함대로 돌아가 정말 떠나는 듯이 물러나 버렸다.

트로이 군은 그리스 군 함대가 떠나는 것을 보고 적이 전쟁을 포기한 것으로 여겼다. 성문이 활짝 열리자, 사람들은 너도나도 달려 나와서 오랜만에 자유를 만끽했다. 그들은 얼마 전까지 그리스 군이 진을 쳤던 곳에 놓여 있는 이상한 목마를 보고 그리스 군이 왜 그것을 남겨놓았을까 의아해 했다. 어떤 자들은 그것을 전리품으로 성 안으로 가지고 가는 것이 좋겠다고 했고, 다른 자들은 그러기를 두려워했다.

그들이 주저하고 있을 때, 라오콘이라는 포세이돈 신관(神官)이 부르짖었다.

「시민들이여, 이 무슨 짓인가? 그리스 군은 간계에 능하기 때문에 경계해야 한다는 것을 그대들은 잊었는가? 나 같으면 그들이 선물을 주더라도 두려워하겠네.」

그러면서 그는 목마의 옆구리에 창을 던졌다. 속이 빈 것 같은 소리가 신음소리와 함께 들렸다. 그러자 트로이 군은 라오콘의 충고대로 이상한 목마와 그 속에 들어 있는 것을 파괴하려고 했다. 그런데 바로 그 순간, 한 떼의 사람들이 그리스 인같이 보이는 포로를 끌고 나왔다. 그는 두려움에 정신이 거의 나간 채 무사들 앞으로 끌려왔다. 무사들은 묻는 말에 거짓 없이 대답하면 목숨을 살려 주겠다고 약속하여 그를 안심시켰다.

그는 자기는 시논이라는 그리스 사람인데, 오디세우스가 자기에 대해 좋지 않은 감정을 품고 있었기 때문에 그리스 군이 퇴각할 때 자기만 남기고 떠났다고 말했다. 목마는 아테나의 비위를 맞추기 위한 헌납품이요, 그렇게 거대하게 만든 것은 성 안으로 운반되는 것을 막기 위해서라는 것이었다. 예언자 칼카스가 그들에게 목마가 트로이 군 수

중에 들어가면 트로이 군이 틀림없이 승리한다고 했기 때문이라는 말도 덧붙였다.

이 말을 듣자, 트로이 군은 생각이 바뀌었다. 사람들은 그 목마와 결부된 행운을 놓치고 싶지 않았다. 그때 느닷없이 기이한 사건이 일어났기 때문에 그때까지 품었던 의혹은 완전히 사라지고 말았다.

바다에서 큰 뱀 두 마리가 나와서 육지로 올라온 것이다. 군중은 놀라서 달아났다. 큰 뱀은 곧바로 라오콘과 그의 두 아이가 서 있는 곳을 향해 기어갔다. 그리고는 먼저 아이들을 덮쳐서 그 몸을 휘감으며 독기를 뿜어댔다. 아버지는 아이들을 구하려 했으나, 금방 붙잡혀서 뱀의 또아리 속으로 들어갔다. 라이콘은 버둥대며 뱀을 뿌리치려 했지만, 뱀은 사정없이 그와 아이들을 죽여 버렸다.

이 광경을 본 사람들은 라오콘이 목마에게 무례한 짓을 했기 때문에 신들의 노여움을 산 것으로 생각했다. 사람들은 더 이상 의심하지 않고 정중한 의식을 갖추어 목마를 성 안으로 끌어들일 준비를 했다. 의식은 노래와 승리의 환호 속에서 행해졌으며, 온종일 잔치가 계속되었다.

밤새도록 폭음한 트로이 사람들이 마침내 곯아떨어지자, 시논은 몰래 성 밖으로 빠져 나가 그리스 선단에 약속된 신호를 보내고 목마를 두드렸다. 그러자 오디세우스를 앞세우고 목마에서 나온 그리스 군들은 곯아떨어진 트로이 병사들에게 달려들었다. 성 안에서는 불이 나고 술에 취해 잠들었던 트로이 사람들은 무참히 짓밟혔다. 이리하여 트로이는 완전히 정복되었다.

▶▶▶현존하는 가장 유명한 군상(群像) 조각의 하나로 큰 뱀에 휘감긴 라오콘과 그 아이들의 조각이 있다. 보스턴의 아테니엄(현재의 보스턴 미술관)에 그 복제품이 있고, 원작은 로마의 바티칸 궁전에 있다.

프리아모스 왕은 성이 그리스 군에게 점령당하던 날 밤에 살해되었다. 그는 무장을 하고 용사들과 같이 싸우려고 했으나, 늙은 왕후 헤카베의 설득으로 왕후 및 딸들과 함께 제우스의 제단으로 피난하여 탄원했다. 그 동안에 그의 아들 폴리테스가 아킬레스의 아들 피로스에게 쫓겨 부상을 입은 채 그곳으로 와서 아버지의 발 밑에서 절명했다. 프리아모스는 격분하여 피로스를 향해 힘없는 창을 던졌으나, 오히려 피로스의 창에 맞아 죽고 말았다.

헤카베와 딸 카산드라는 포로가 되어 그리스로 끌려갔다. 카산드라는 일찍이 아폴론의 사랑을 받아 예언의 능력을 부여받았다. 그러나 아폴론의 기분을 상하게 한 일이 있었기 때문에 그녀의 예언은 맞지 않게 되었다. 아킬레스가 생전에 사랑한 적이 있는 프리아모스의 다른 한 딸 폴릭세네는 아킬레스 망령의 부탁으로 그의 무덤에 제물로 바쳐졌다.

트로이가 함락되자 메넬라오스는 아내 헬레네를 다시 찾게 되었다. 그녀는 아프로디테의 힘에 정복되어 남편을 버리고 다른 남자에게로 갔었으나, 전과 다름없이 남편을 사랑했다. 파리스가 죽은 뒤 그녀는 비밀리에 그리스 군을 도와주었다. 특히 오디세우스와 디오메데스가 팔라디온을 빼앗기 위해 변장을 하고 성 안으로 들어왔을 때, 그녀는 오디세우스의 정체를 알았으나 모르는 체했을 뿐 아니라, 팔라디온이 그리스 군에 넘어갈 수 있도록 도왔던 것이다. 그래서 메넬라오스는 그녀를 용서하여 함께 고국으로 돌아갔다.

한편, 그리스 군의 총대장으로서 아우의 복수전에 참가한 아가멤논은 불행한 최후를 맞았다. 그가 집에 없는 동안 부정한 짓을 저지른 아내 클리타임네스트라는 그가 돌아오자 정부인 아이기스토스와 짜고 남편을 죽여 버렸다.

공모자들은 후환을 두려워해 아들 오레스테스도 함께 죽이려고 하였으나 누이인 엘렉트라가 오레스테스를 백부인 포키스의 왕 스트로피오스에게 보내 그 목숨을 구했다. 엘렉트라는 가끔 동생에게 사람을 보내 아버지의 원수를 상기시켰다.

오레스테스는 스트로피오스의 궁전에서 왕자 필라데스와 함께 자랐다. 두 사람의 우정은 너무나 돈독하여 세상의 속담이 되었을 정도였다.

성장한 오레스테스는 델포이의 신탁대로 복수할 것을 결심하고, 변장하여 고향 아르고스로 갔다. 그리고 스트로피오스의 사자라 칭하며, 오레스테스가 죽어 그의 유골을 가져왔다고 말했다. 그는 아버지의 무덤에 참배하고 당시 예절에 따라 제물을 바치고 나서 누이 엘렉트라에게 자기의 신분을 밝혔다. 그리고 곧 아이기스토스와 클리타임네스트라를 죽였다.

그러나 오레스테스는 어머니를 살해했기 때문에 복수의 여신들로부터 벌을 받게 되었다. 복수의 여신 에우메니데스들은 오레스테스를 미치게 하여 이 나라 저 나라로 떠돌게 했다. 그때 필라데스가 그와 함께 다니며 돌보아 주었다.

마침내 또다시 신탁에 물으니, 스키디아의 타우리케로 가서 하늘에서 떨어졌다고 전해지는 아르테미스의 상을 가져오라는 계시가 있었다.

그래서 오레스테스와 필라데스는 타우리케로 갔다. 타우리케의 야만스런 백성들은 자기네 손에 걸린 나그네는 모조리 여신의 제물로 바치고 있었으므로, 두 사람은 붙잡혀 신전으로 끌려갔다. 그런데 아르테미스의 무녀는 다름 아닌 오레스테스의 누나인 이피게네이아였다. 그녀는 전에 산 제물로 바쳐지려는 순간 아르테미스가 데리고 간 사람이라는 것을 독자는 기억할 것이다. 붙잡혀 온 사람들 속에서 오레스테스와 필라데스를 발견한 이피게네이아는 두 사람을 풀어 주었다. 그리고 셋이서 여신의 상을 가지고 미케네로 갔다.

그러나 오레스테스는 여전히 복수의 신들에게 쫓겨 마침내는 아테나에게 매달렸다. 여신은 그를 보호해 주고, 아레오파고스 법정에서 그의 운명을 결정하게 했다. 복수의 신들은 그를 기소했다. 오레스테스는 신탁의 명령에 의한 것이었다고 변명하였다. 재판에 붙이자 찬성과 반대의 수가 같았는데, 아테나의 한 표로 오레스테스는 방면되었다.

고전극 중에서 가장 애절한 장면의 하나는 소포클레스가 그린 것으로, 오레스테스가 포키스에서 돌아와 엘렉트라를 만나는 장면이다. 오레스테스는 엘렉트라를 시녀로 잘못 안 데다가, 복수의 때가 되기 전에는 자기가 돌아온 것을 숨기기 위해 유골이 들어 있는 항아리를 내밀었다. 그러자 엘렉트라는 정말로 오레스테스가 죽은 줄 알고, 항아리를 받아 끌어안고 절망적으로 흐느낀다.

트로이 시와 그 영웅들에 대해서 이렇게 많은 이야기를 들었는데, 그 유명한 도시의 정확한 위치가 아직도 문제되고 있다는 말을 들으면 독자들은 놀랄 것이다. 호메로스의 서사시와 고대 지리학자들이 기술한 내용에 가장 잘 들어맞는 평원에는 분묘의 자취가 있지만, 그 밖에는 그런 도시가 존재했었다는 증거가 하나도 없다.

오디세우스

트로이 전쟁을 승리로 이끄는 데 결정적인 공헌을 했던 오디세우스
는 고국 이타케로의 귀환길에 올랐다. 호메로스의 서사시 「오디세이
아」는 여기서부터 시작된다.

트로이를 출발한 일행은 처음에 이스마로스라는 키콘족이 살고 있
는 항구 도시에 상륙하였다. 그곳에서 주민들과 충돌이 일어나는 바람
에 오디세우스는 한 배에서 여섯 명씩의 부하를 잃었다. 그곳을 빠져
나온 후에는 폭풍우를 만나 9일 동안 바다를 떠다닌 끝에 로토파고스
라는 나라에 도착했다. 그곳에서 식수를 실은 다음, 오디세우스는 어떤
인종이 살고 있는지 조사하기 위해 세 명의 부하를 보냈다. 세 사람이
로토파고스로 가자, 그들은 친절하게 맞이하며 자기네들의 식량인 연
으로 만든 음식을 내놓았다. 그 음식은 고향 생각을 잊고 언제까지나
그곳에 머물고 싶게 하는 힘이 있었다. 그래서 오디세우스는 억지로
세 사람을 끌고 와서 배의 벤치 밑에 묶어 두었다.

일행은 그 다음에 키클로프스('둥근 눈'이라는 뜻)의 나라에 도착했다. 키클로프스는 거인족이었다. 거인들에게는 눈이 하나밖에 없었는데 그것이 이마 한가운데에 붙어 있었다. 그들은 동굴에 살면서 섬의 야생 동물과 자기네가 기르는 양의 젖을 식량으로 삼았다.

오디세우스는 주력 부대를 정박한 배에 남겨놓고, 자신은 한 척의 배를 타고 식량을 구하기 위해 키클로프스의 섬으로 갔다. 그는 그들에게 선물할 술을 한 병 가지고 부하들을 거느리고 커다란 동굴에 이르렀다.

동굴 속으로 들어가 보니 그 속에는 포동포동하게 살찐 양 떼와 많은 치즈와 젖을 넣는 통과 주발이 있었으며, 우리 속에는 양과 염소들이 가득 들어 있었다. 잠시 후에 동굴의 주인 폴리페모스가 큰 나뭇짐을 지고 돌아와 그것을 동굴 입구에 내려놓았다. 그는 안으로 들어오자 스무 마리의 황소의 힘으로도 끌 수 없는 큰 바위로 동굴 입구를 막고 양젖을 짜기 시작했다. 그리고 젖의 일부분은 치즈를 만들기 위해 저장하고 나머지는 식사 때 먹기 위해 그대로 두었다.

그는 둥근 눈으로 사방을 둘러보다 낯선 사람들이 눈에 띄자 큰 소리로 「너희는 누구며, 어디서 왔느냐?」고 물었다. 오디세우스는 공손한 태도로 자기들은 그리스 인인데, 최근 트로이를 정복하여 빛나는 공을 세우고 귀국하는 중이라고 말하고 후대해 주기를 간청했다. 그러나 폴리페모스는 아무 말도 하지 않고 오디세우스의 부하 둘을 붙잡아 한꺼번에 먹어치웠다. 그리고 배가 부른 그는 잠이 들었다.

오디세우스는 그 사이에 그를 칼로 찌를까도 생각했으나, 그렇게 하면 거인이 동굴 입구에 갖다 놓은 바위를 그들의 힘으로는 도저히 움직일 수 없어서 영원히 동굴 속에 갇히게 될 것이라고 생각했다.

이튿날 아침, 키클로프스는 다시 오디세우스의 부하 두 사람을 먹어치웠다. 그리고는 동굴의 문을 열고 양 떼들을 몰아 낸 다음, 조심스럽게 바위를 들어 입구를 막아 버렸다.

그가 나가자, 오디세우스는 피살된 부하들의 원수를 갚고 남은 부하들과 도망칠 방도를 강구하였다. 그는 부하들에게 큰 나무 막대기를 준비하게 하였다. 그들은 키클로프스가 지팡이를 만들기 위하여 베어 온 나무를 발견하고 그 끝을 뾰족하게 깎아서 불에 바짝 말린 다음 동굴 바닥에 있는 짚 밑에다 감추어 두었다.

그리고 가장 용감한 네 명을 선발하여 오디세우스는 다섯 번째로 그들에게 가담했다. 저녁때가 되어 동굴로 돌아온 키클로프스는 다시 오디세우스의 부하 중 두 사람을 먹어치웠다. 그가 식사를 마치자, 오디세우스는 그에게 술을 한 주발 따라 주면서 말했다.

「키클로프스여, 이것은 술입니다. 인간의 고기를 먹은 뒤에 마시면 맛이 있을 것입니다.」

그는 그것을 받아 마셨다. 그리고 대단히 기분이 좋아져서 다시 청했다. 오디세우스가 더 따라 주자, 거인은 아주 기뻐하며 은총을 베풀어 그를 제일 나중에 잡아먹겠다고 하며 그의 이름을 물었다.

「내 이름은 우티스(그리스 어로 '아무도 아니다'라는 뜻)입니다.」

오디세우스가 대답했다.

거인은 술에 취해 곯아떨어졌다. 오디세우스는 선발된 네 사람의 부하와 더불어 막대기 끝을 불에 벌겋게 달군 뒤 그것을 거인의 애꾸눈 깊이 박고는 빙빙 돌렸다. 거인은 동굴이 떠나갈 듯한 비명을 질렀다. 오디세우스는 그의 부하들과 함께 재빨리 몸을 피해 동굴의 한쪽 구석에 숨었다.

거인은 울부짖으며 가까운 동굴에 살고 있는 키클로프스들을 소리 높여 불렀다. 그들은 그의 비명을 듣고 동굴 주위에 모여들어, 무엇 때문에 이렇게 떠드냐고 물었다. 폴리페모스가 울부짖었다.

「오, 친구들이여, 나는 죽네. 우티스가 나를 괴롭혀.」

그러자 그들은 말했다.

「아무도 그대를 괴롭히지 않는다면 그건 제우스의 짓이니, 참지 않으면 안 돼!」

그리고 그들은 고통으로 신음하는 그를 남겨놓고 물러갔다.

다음날 아침, 키클로프스는 양 떼를 목장으로 내보내기 위해 바위를 치우고 그 입구에 서서 양들이 나가는 것을 일일이 확인하였다. 오디세우스는 부하들에게 동굴 바닥에 있는 버들가지로 마구를 만들라는 명령을 내렸다. 그리고 세 마리의 양을 한 조로 하여, 그 마구를 채워 나란히 걸어가게 하였다. 오디세우스와 그의 부하들은 세 마리 중 가운데 양의 배 밑에 한 사람씩 매달렸다.

양이 지나갈 때마다 거인은 양의 등과 옆구리를 만져 보았으나, 배를 만져 볼 생각은 하지 못했다. 이리하여 부하들은 모두 무사히 통과했고, 마지막으로 오디세우스가 통과했다. 동굴을 벗어나자, 오디세우스와 그의 부하들은 많은 양 떼를 몰고 배 있는 곳으로 돌아왔다. 그리고 서둘러 양을 배에다 싣고 해안에서 떠나 버렸다. 안전한 거리에 이르렀을 때, 오디세우스가 외쳤다.

「키클로프스여, 신들이 네 잔악한 행위에 대해서 복수할 것이다. 네 눈을 멀게 한 것은 오디세우스다.」

이 말을 듣자, 키클로프스는 산등성이에 있는 바위를 뿌리째 뽑아 온 힘을 다하여 소리 나는 곳을 향해 던졌다.

거대한 바위는 밑으로 떨어져 아슬아슬하게 배의 고물을 스치고 지나갔다. 큰 바위가 바닷속으로 갑자기 떨어지는 바람에 배는 섬으로 밀려 나와 하마터면 침몰할 뻔했으나 그들은 배를 가까스로 해안에서 끌어 내어 주력 부대가 있는 곳으로 귀환했다.

다음에 오디세우스 일행은 아이올로스 섬에 도착했다. 이 섬의 왕은 제우스로부터 모든 바람의 지배권을 위임받았기 때문에, 바람을 내보내거나 멈추는 것을 자유자재로 할 수 있었다. 왕은 오디세우스와 그의 부하들을 친절하게 접대했다. 그리고 떠날 때는 역풍을 모두 자루에 넣어 은사슬로 매어 그들에게 주고, 순풍에 명령하여 배를 그들의 고국으로 인도해 주게 하였다.

그로부터 9개월 동안 그들은 평온한 바다에서 순풍에 돛을 달고 항해했다. 그 동안 오디세우스는 자지 않고 키 옆에 있었다. 마침내 그가 지쳐서 잠이 들었을 때, 부하들은 그 신비스런 자루에 대해서 이야기를 나누었다. 그들은 그 자루에 아이올로스 왕이 준 보물로 가득 차 있을 것이라고 생각하고, 그 보물이 탐나서 자루의 은사슬을 풀었다. 그러자 역풍이 튀어나와 배의 진로를 바꾸어 버렸다. 오디세우스 일행은 다시

금 섬으로 되돌아갔다. 그 때문에 그들은 같은 항로를 다시 한 번, 이번에는 고생을 하면서 노를 저어 가지 않으면 안 되었다.

다음으로 그들이 항해한 곳은 라이스트리곤이라는 야만족이 사는 곳이었다. 배는 모두 항구로 들어갔다. 완전히 육지로 둘러싸인 만이 안전하게 보였기 때문이다. 오직 오디세우스만이 그의 배를 항구 밖에 정박시켰다. 라이스트리곤들은 배들이 완전히 자기네 수중에 있다고 생각되자 큰 돌을 던져 배를 부수고 전복시켰다. 그리고 물 속에서 버둥거리는 사람들을 창으로 찔러 죽였다. 항구 밖에 남아 있던 오디세우스의 배를 제외한 모든 배들이 선원들과 함께 물 속으로 사라졌다.

오디세우스는 도망치는 수밖에 없다고 판단하고, 남은 부하들을 이끌고 가까스로 달아났다.

피살된 동료들에 대한 슬픔과 자신들이 무사히 도망친 것에 대한 안도가 뒤섞인 가운데 그들은 항해를 계속하여, 마침내 태양의 딸 키르케가 살고 있는 아이아이에라는 섬에 도착하였다. 오디세우스는 작은 언덕에 올라가 사방을 둘러보았다. 사람이 살고 있는 자취를 발견할 수 없었으나, 섬의 중심부 한 곳에 수목으로 둘러싸인 궁전이 보였다. 그래서 그는 에우릴로코스의 인솔하에 부하의 반을 파견하여 궁전을 탐사하도록 했다. 그들은 궁전에 접근하였으나 이내 사자·범·늑대들에게 둘러싸이고 말았다. 다행히 그들은 전에 모두 사람이었으나 키르케의 마술에 걸려 동물로 변했기 때문에 사납지 않았다.

궁전 안에서는 부드러운 음악소리와 여자의 아름다운 노랫소리가 들려 왔다.

에우릴로코스가 큰 소리로 부르자, 여신이 나와 그들을 맞아들였다. 그들은 기뻐하며 안으로 들어갔으나, 에우릴로코스만은 들어가지 않았다. 여신은 손님들을 별실로 안내하여 술과 여러 가지 음식을 대접했다. 그들이 실컷 먹고 마시고 있을 때, 키르케는 마법의 지팡이를 그들에게 살짝 댔다. 그러자 그들은 모두 돼지로 변해 버렸다. 키르케는 그들을 돼지우리 속에 가두고 돼지가 즐겨먹는 다른 먹이를 주었다.

에우릴로코스는 급히 배 있는 곳으로 돌아가 자기가 본 대로 이야기했다. 오디세우스는 동료들을 구출하기 위해 직접 나섰다. 그가 혼자서 걸어가고 있을 때, 한 젊은이가 그의 여러 가지 모험에 대해 아는 것처럼 친절하게 말을 걸어 왔다. 젊은이는 자기는 헤르메스라는 사람이라고 소개하며, 오디세우스에게 키르케의 마술에 관하여 알려 주었다. 그리고는 키르케의 마술에 대항하는 강력한 힘을 가지고 있는 약초를 주었다. 오디세우스가 궁전에 도착하자, 키르케는 그를 친절히 맞아들이며 그의 동료들에게 한 것과 마찬가지로 환대하였다. 그가 식사를 끝내자, 그녀는 지팡이를 그의 몸에 대면서 말했다.

「자, 돼지우리를 찾아가서 네 동료들과 뒹굴고 있거라.」

그러자 오디세우스는 칼을 빼어 그녀에게 달려들었다. 그녀는 무릎을 꿇고 용서를 빌었다. 그는 그녀에게 자기 동료들을 풀어 주고, 다시는 자기나 동료들에게 해를 끼치지 않겠다는 서약을 하라고 명령했다. 돼지로 변했던 사람들은 다시 본모습으로 돌아오고, 해안에 있던 선원들도 초대를 받아 굉장한 환대를 받았다. 이런 날이 계속되자 오디세우스는 고국도 잊은 채 편안하고 무위한 생활에 빠져든 것처럼 보였다.

　마침내 동료들이 그를 깨우쳐 주었고, 그는 그들의 충고를 감사히 받아들였다. 키르케는 그들의 출발을 돕고, 세이렌들이 있는 해변을 무사히 통과하는 방법을 가르쳐 주었다. 세이렌들은 바다의 님프로, 노래를 불러서 사람들을 유혹하는 힘을 가지고 있었다. 그 노래를 들으면 선원들은 불행히도 바닷속으로 뛰어들어가고 싶은 충동을 느껴 모두 바다에 빠지고 말았다. 키르케는 오디세우스에게 선원들의 귀를 밀초로 막아 노랫소리를 듣지 못하게 하라고 일렀다. 그리고 오디세우스 자신은 선원들로 하여금 그의 몸을 돛대에 결박하게 한 다음, 세이렌의 섬을 통과하기까지 그가 무슨 소리를 하든, 무슨 짓을 하든 결코 풀어 주지 말게 하라고 일렀다.

　오디세우스는 키르케의 말에 따랐다. 그는 부하들의 귀를 밀초로 막고, 부하들에게 자신을 돛대에 단단히 붙잡아매도록 했다. 그들이 세이렌 섬에 접근하자, 평온한 바다 위에서 매혹적인 노랫소리가 들려 왔다. 그러자 오디세우스는 결박을 풀려고 마구 몸부림을 치며, 부하들에게 말과 몸짓으로 자기를 풀어 달라고 애원했다. 그러나 그들은 처음의 명령에 순종하여, 그를 더욱 단단히 결박하였다. 그들은 그런 상태로 항해를 계속하였다. 그러자 노랫소리가 점점 약해지더니 마침내 들리지 않게 되었다.

　오디세우스는 또 키르케로부터 스킬라와 카리브디스라는 두 괴물을 경계하라는 주의를 받았었다. 스킬라는 전에는 아름다운 처녀였는데, 키르케 때문에 뱀 모양의 괴물로 변한 것이다. 높은 절벽 위에 있는 동굴 속에 사는 그녀는 동굴 밖으로 긴 목(그녀는 여섯 개의 머리를 가지고 있었음)을 내밀고, 통과하는 배가 있으면 그 배의 선원 중에서 한 사람씩 여섯 명을 잡아먹었다.

카리브디스는 해변 가까이에 살고 있는 소용돌이였다. 매일 세 번씩 바위 틈으로 물이 들어오고, 또 세 번씩 역류했는데, 이 소용돌이 근처를 통과하는 조수가 들어올 때면 그 위에 있던 것은 어쩔 수 없이 소용돌이에 휩쓸렸다. 포세이돈이라 할지라도 그것을 면할 수는 없었다.

이 무서운 괴물들이 나타나는 장소에 배가 도착하자 오디세우스는 엄중하게 감시를 했다. 오디세우스와 부하들이 불안한 눈으로 그 무서운 소용돌이를 감시하고 있는 동안, 스킬라가 긴 목을 내밀어 여섯 명을 붙잡아 동굴 안으로 납치해 갔다. 그것은 오디세우스가 그때까지 본 것 중 가장 슬픈 광경이었다. 동료들이 희생되는 것을 보고, 또 그들의 비명을 들으면서도 그는 아무런 손을 쓸 수가 없었다.

스킬라와 카리브디스가 있는 곳을 통과한 후 바다는 트리나키아라는 섬에 상륙하였다. 그곳에서는 태양신 히페리온의 두 딸 람페티아와 파에투사가 히페리온의 가축을 사육하고 있었다. 항해자들은 아무리 필요하더라도 그 가축들에 손을 대서는 안 된다고 키르케가 경고했었다. 만일 금기를 어길 경우 반드시 파멸이 온다는 것이다.

오디세우스는 이 태양신의 섬에 들르지 않고 통과하려 했으나, 부하들이 배를 정박시키고 해안에서 하룻밤만 자도 피로가 풀릴 것 같다고 애원하는 바람에 양보했다. 그는 그들에게 키르케가 배에 실어 준 식량 외에는 아무것도 손을 대면 안 된다고 당부했다. 식량이 남아 있는 동안 부하들은 그 명령을 잘 지켰다. 그러나 역풍으로 인해 한 달 동안이나 섬에 억류되어 남은 식량을 모두 소비한 후에는 새나 물고기를 잡아먹지 않으면 안 되었다. 굶주림에 시달리게 되자, 그들은 오디세우스가 없을 때 가축을 몇 마리 죽이고 그 일부분을 신들에게 바쳐 자기들의 범행을 배상하려고 하였다. 그러나 부질없는 짓이었다. 해안으로 돌아온 오디세우스는 그들의 소행을 알고 공포에 떨었다. 뒤이어 일어난 불길한 징조 때문에 더욱 그랬다. 짐승의 가죽이 땅 위로 기어다니고, 고깃점은 불에 구울 때 꼬챙이에서 우는 소리를 냈다.

이윽고 순풍이 불기 시작하였으므로 그들은 섬을 떠났다. 그러나 얼마 가지 않아 기후가 변하더니 폭풍우가 일고 우레소리가 진동하며 번갯불이 번쩍였다. 벼락이 돛대를 부수고, 돛대가 넘어지는 바람에 키잡이가 깔려 죽었다. 마침내 배도 부서져 버렸다. 오디세우스는 나란히 떠내려가는 용골과 돛대로 뗏목을 만들어 몸을 의지하였다. 바람이 잦아들자 물결은 그를 칼립소의 섬으로 옮겨 주었으나, 다른 부하들은 모두 죽었다.

칼립소는 바다의 님프였다. 님프란 신분이 낮기는 하지만 신들의 속성을 다분히 가지고 있는 일군의 여신들이었다. 칼립소는 오디세우스를 따뜻이 맞아들여 환대하였다. 그러다가 오디세우스를 사랑하게 되어, 그를 언제까지나 자기 곁에 두려고 했으나 고국으로 떠나려는 그의 마음을 돌리지는 못했다. 칼립소는 마침내 그를 돌려보내 주라는 제우스의 명령을 받게 되었다. 헤르메스가 제우스의 명령을 가지고 그녀에게 왔다.

칼립소는 마음이 내키지 않았지만 제우스의 명령에 따랐다. 그녀는 오디세우스에게 뗏목 만드는 법을 가르쳐 주고, 식량도 충분히 실어 주었으며, 순풍이 불게 해 주었다. 그는 여러 날 동안 순조로이 항해하여 육지가 보이는 데까지 왔으나, 갑자기 폭풍우가 일어 돛대가 부러지고 뗏목도 망가질 위기에 처해 있을 때 동정심 많은 바다의 님프가 가마우지로 변신하여 뗏목 위로 날아왔다. 그 님프는 그에게 띠를 하나 주며 그것을 가슴 밑에 매라고 일렀다. 그 띠는 사람이 물에 빠져도 물에 몸을 뜨게 하는 물건이었다.

오디세우스는 뗏목에 몸을 의지하다가 그것마저 불가능하게 되자 띠를 두르고 헤엄쳤다. 아테나는 그의 앞에 있는 파도를 가라앉히고 바람을 보내어 파도가 해안으로 물러가게 했다. 밀려오는 높은 파도가 바위에 부딪히는 바람에 쉽사리 뭍으로 접근할 수 없었으나 오디세우스는 마침 조용히 흐르는 하구에 파도가 잔잔한 것을 발견하고 그쪽으로 상륙했다.

지친 그는 죽은 사람처럼 해안에 쓰러져 있었으나 곧 기운을 차리고 일어났다. 그러나 장차 어떻게 하면 좋을지 난감하여 조금 떨어진 곳에 있는 숲을 발견하고 그곳으로 갔다. 거기는 파이아케스 인의 나라 스케리아였다. 파이아케스 인들은 원래 키클로프스족이 있는 섬 근처에서 살다가 그 야만족의 압제를 벗어나 나우시토스라는 왕의 지휘하에 스케리아 섬으로 이주한 것이다. 부유한 그들은 전쟁에 휘말리지 않고 잘 지냈다. 그들은 이득을 추구하는 사람들과 멀리 떨어져서 살고 있었기 때문에, 그들의 해안에는 어떤 적도 가까이 오는 일이 없었고, 따라서 활과 창을 사용할 필요가 없었다. 그들의 주된 일은 항해였다. 그들의 배는 나는 새와 같은 속도를 가지고 있었고, 배 자체에 두뇌가 있었기 때문에 수로 안내인이 필요없었다. 나우시토스의 아들 알키노스가 당시 그들의 왕이었는데, 그는 현명하고 공정한 군주로서 백성들의 사랑을 받고 있었다.

오디세우스가 파이아케스 인의 섬에 표류하여 나뭇잎 침상에서 자고 있던 그날 밤에 왕의 딸 나우시카는 아테나가 보낸 꿈을 꾸었다. 꿈에 이르기를, 그녀의 결혼 날이 멀지 않았으니 가족의 옷을 모두 세탁해 두라는 것이었다. 그것은 쉬운 일이 아니었다. 왜냐하면 세탁을 할 수 있는 시냇가는 상당히 멀리 떨어져 있어, 옷을 그곳으로 운반하지 않으면 안 되기 때문이었다.

잠에서 깨자 공주는 부모에게 급히 갔다. 그녀는 적당한 이유를 붙여서 가족들의 옷을 세탁하자고 말했다. 아버지는 쾌히 승낙하여 세탁할 옷과 충분한 음식과 술을 마차에 싣게 했다. 공주는 마차 위에 앉아 채찍질을 하고, 시녀들은 걸어서 그녀의 뒤를 따랐다. 시냇가에 도착하자 시녀들은 재빨리 세탁을 끝냈다. 그리고 옷들을 물가에 널고, 자기들도 목욕을 한 후에 앉아서 식사를 하였다. 식사를 마치자, 그녀들은 냇가에서 공놀이를 하며 놀았다. 공주는 즐겁게 놀고 있는 그녀들을 위하여 노래를 불러 주었다. 그러나 그녀들이 말린 옷을 거두어 가지고 돌아갈 채비를 하려고 할 때, 아테나는 공주가 던진 공을 물 속에 빠뜨렸다. 시녀들이 놀라서 소리를 지르는 바람에 오디세우스는 잠에서 깼다. 오디세우스는 잎이 많이 달린 나뭇가지를 꺾어서 벌거숭이가 된 자기 몸을 가리고 숲에서 걸어 나왔다.

　시녀들은 그를 보자 사방으로 도망쳤으나, 나우시카만은 예외였다. 왜냐하면 아테나가 그녀를 도와 용기와 분별력을 부여했기 때문이다. 오디세우스는 공손한 태도로 멀리 서서 자기의 비참한 사정을 설명하고, 먹을 것과 입을 것을 청했다. 공주는 달아났던 시녀들을 불러, 자기 남자 형제들의 옷을 가져오라고 명령했다. 시녀들이 마차에서 옷을 가져오자, 오디세우스는 옷을 입은 뒤 식사를 하여 원기를 회복했다. 지혜의 여신은 그의 몸을 살찌게 하고, 넓은 가슴과 남자다운 얼굴에 우아한 빛을 퍼뜨렸다.

　공주는 그 모습을 보고 감탄하여, 시녀들에게 이런 분을 남편으로 맞게 해달라고 신들에게 기원했다고 말했다. 그녀는 오디세우스에게 시내로 가기를 권하고, 들길을 갈 동안은 자기들 일행을 따라오고 시내에 가까이 가면 자기들과 떨어져서 오라고 했다. 무식하고 천한 백성들이 이러니저러니 떠들 것을 두려워했기 때문이었다. 그런 일이 없도록 그녀는 그에게 시내에 인접한 숲 속에서 잠시 기다려 달라고 말했다. 그곳에는 왕의 과수원이 있었다. 공주와 그 일행이 시내로 들어갈 동안 그곳에서 기다리고 있다가, 누구든지 만나는 사람에게 부탁하면 궁전까지 안내해 줄 것이라고 했다.

　오디세우스는 공주의 지시대로 숲 속에서 잠시 기다린 뒤, 시내를 향해 걷기 시작했다. 시내에 가까이 갔을 때, 그는 물을 길러 오는 젊은 처녀를 만났다. 그 처녀는 변장한 아테나였다. 오디세우스는 그녀에게 인사를 하고, 알키노스 왕의 궁전으로 안내해 주기를 청했다. 처녀는 궁전은 그녀의 집 근처에 있다면서 기꺼이 안내해 주겠다고 공손히 대답했다. 여신의 안내를 받으면서, 그녀의 힘에 의하여 사람들 눈에 띄지 않게 구름으로 몸을 가린 오디세우스는 군중 사이를 부지런히 걸어갔다. 그는 그들의 항구, 배, 공회당(영웅들의 집회소)과 성벽을 보고 놀라움을 금치 못했다. 마침내 궁전에 이르렀을 때, 여신은 그가 곧 만나게 될 왕과 그 나라의 백성에 대해 두루 이야기해 주고는 그의 곁을 떠나갔다.

오디세우스는 궁전의 뜰 안으로 들어가기 전에 멈춰 서서 주위를 살펴보았다. 궁전은 화려했으며, 궁전 밖에 있는 넓은 과수원 또한 매우 아름다웠다.

오디세우스는 감탄하면서 주위를 둘러보고 있었으나, 사람들의 눈에는 그가 보이지 않았다. 그것은 아테나가 그의 주위에 구름을 깔아 아직 그를 가리고 있었기 때문이었다. 그는 천천히 구경을 마친 다음 궁전으로 들어갔다. 궁전에서는 족장들과 원로들이 모여서 헤르메스에게 제주를 따르고 있었다. 헤르메스에 대한 예배가 만찬 후에 행해졌던 것이다. 바로 그때 아테나는 구름을 거두어 오디세우스의 모습이 족장들의 눈앞에 드러나게 했다. 그는 왕비가 앉아 있는 곳으로 나아가, 그녀의 발 밑에 무릎을 꿇고 고국에 돌아갈 수 있도록 은총과 원조를 베풀어 달라고 간청했다. 그리고 물러서서 탄원자의 예절에 따라 난롯가에 가서 앉았다.

잠시 동안 아무도 말을 하는 사람이 없었다. 마침내 한 원로가 왕을 향해 입을 열었다.

「길손이 신세를 지겠다고 하는데 탄원자처럼 다루어 아무도 환영하지 않는 것은 잘못입니다. 이리로 청해서 음식을 대접하시지요.」

이 말을 듣자, 왕은 일어서서 오디세우스에게 악수를 청하고 자기의 아들에게 자리를 양보하도록 해 그 자리에 앉혔다. 이윽고 술과 음식이 나오자, 오디세우스는 그것을 먹고 기운을 차렸다.

왕은 내일 회의를 열어 길손을 위한 대책을 강구하겠다고 말하며 족장과 원로들을 물러나게 했다.

모두들 물러가자, 왕비는 오디세우스에게 여러 가지 질문을 했다. 그가 자세히 대답하자, 왕과 왕비는 고개를 끄덕이면서 그에게 귀국할 배를 준비해 주겠다고 약속했다.

그 이튿날, 배가 준비되고 노를 저을 건장한 선원들이 선발되었으며, 궁전에서는 성대한 잔치가 벌어졌다. 잔치가 끝난 뒤에는 여러 가지 경기가 열렸다. 그것이 끝났을 때, 전령관이 장님인 음유 시인 데모도코스를 데리고 들어왔다.

데모도코스는 노래의 제목을 그리스 군이 트로이 성 안으로 쳐들어갈 때 사용했던 '목마'로 정했다. 아폴론이 시인에게 영감을 주었던 것이다. 그는 트로이 함락 당시의 비참한 광경과 무사들의 눈부신 활약상을 실로 감동적으로 노래했다. 그러자 모두들 기뻐했으나, 오디세우스만은 눈물을 흘렸다. 그것을 본 알키노스 왕이 그에게 왜 트로이 이야기를 듣고 슬퍼하느냐고 물었다. 오디세우스는 자기의 신분을 밝히고 슬퍼한 이유를 설명했다. 그리고 트로이를 출발한 이래 겪은 여러 가지 모험담을 이야기했다. 이 이야기를 듣고 파이아케스 인은 오디세우스에 대한 동정과 감탄을 금치 못하였다. 그리하여 앞을 다투어 그에게 값진 선물을 주었다.

다음날, 오디세우스는 파이아케스 인의 배를 타고 출발하여 곧 고국인 이타케 섬에 무사히 도착했다. 배가 해변에 닿았을 때 그는 잠들어 있었다. 선원들은 그를 깨우지 않고 선물이 든 상자와 함께 해변에 옮겨놓고 떠나 버렸다.

20년 간이나 이타케를 떠나 있었으므로, 잠이 깬 오디세우스는 고국을 알아보지 못했다. 아테나가 젊은 양치기의 모습으로 그에게 나타나 그곳이 어디인지를 알려 주고, 그가 없는 동안 그의 궁전에서 일어난 일들을 들려 주었다. 이타케와 인근 여러 섬의 백 명 이상이나 되는 귀족들은 오디세우스가 죽은 줄 알고 그의 아내인 페넬로페에게 오랫동안 구혼하고, 그의 궁전과 국민을 마치 자기들의 소유나 되는 것처럼 위세를 부리고 있었다. 오디세우스가 그들에게 복수하려면, 그의 정체가 드러나지 않아야 했다. 그래서 그는 거지처럼 꾸미고 궁전으로 가서, 그의 충복이요 돼지를 기르는 에우마이오스로부터 친절한 대접을 받았다.

그때 그의 아들 텔레마코스는 아버지를 찾기 위해 트로이 원정에서 귀환한 여러 왕들의 궁전을 방문하고 있었다. 그러던 중에 아테나가 나타나 집으로 돌아가라는 명령을 했다. 집으로 돌아온 그는 어머니의 구혼자들 앞에 나타나기 전에 그 동안의 궁전 사정을 알기 위해서 에우마이오스를 찾아갔다. 그는 낯선 사람이 있는 것을 보고 비록 거지 차림이긴 했으나 친절히 대접했다. 그리고 페넬로페에게 자신의 귀환을 보고하기 위해서 에우마이오스를 보냈다. 텔레마코스는 항상 어머니의 구혼자들을 조심해야만 했다. 왜냐하면 그들은 텔레마코스를 없애버릴 음모를 꾸미고 있었기 때문이었다.

에우마이오스가 떠나자, 아테나가 나타나서 아들에게 정체를 알리라고 오디세우스에게 지시했다. 동시에 그의 몸에 손을 대어 노년과 빈곤의 외관을 제거하고, 본래의 건장한 모습을 부여해주었다. 텔레마코스는 그를 보고 깜짝 놀랐다. 오디세우스는 자기가 그의 아버지라고 말하고, 겉모습이 달라진 것은 아테나의 도움 때문이라고 말했다.

> ……그러자 텔레마코스는 팔로
> 아버지의 목을 껴안고 울었다.
> 울고 싶은 기분이 두 사람을 사로잡았다.
> 두 사람은 다정한 말을 나누면서
> 실컷 울었다…….
>
> ―「오디세이아」 제16권 254~258행

오디세우스와 그의 아들은 구혼자들과 맞설 방법을 강구하였다. 의논 끝에 텔레마코스는 궁전으로 가서 전과 같이 구혼자들 사이에 섞여 있고, 오디세우스는 거지 모습으로 가기로 했다. 오디세우스는 아들에게, 자기에게 지나친 관심을 표시하여 그 정체를 알고 있는 것 같은 인상을 주지 말고, 또한 자기가 모욕을 당하거나 얻어맞을지라도 모르는 사람처럼 행동하라고 일렀다.

텔레마코스가 궁전에 들어가자, 구혼자들은 텔레마코스를 없애 버리지 못한 것을 원통하게 생각했다. 그러나 겉으로는 그가 돌아온 것을 반기는 척했다. 늙은 거지에게도 입실을 허용하고 음식을 제공했다. 오디세우스가 궁전 안뜰로 들어가자 늙어서 거의 빈사 상태로 드러누워 있던 개가 귀를 세우며 머리를 들었다. 그것은 전에 오디세우스가 사냥할 때 데리고 다녔던 아르고스라고 하는 개였다.

오디세우스가 음식을 먹고 있을 때, 구혼자들은 오만한 태도를 보이기 시작했다. 그가 나지막이 항의하자, 그들 가운데 한 사람이 의자를 들어 그를 때렸다. 텔레마코스는 아버지가 궁전의 홀에서 그런 모욕을 당하는 것을 보자 분노를 금할 수 없었으나 아버지와의 약속을 상기하고는 짐짓 모르는 체하고 있었다.

페넬로페는 구혼자 중에서 한 사람을 선택하는 것을 지금까지 미루어 왔으나, 이제는 더 이상 연기할 구실이 없었다. 지금까지 돌아오지 않는 것을 보면 남편은 필시 이세상 사람이 아닌 것 같았다. 그 동안 아들이 자라서 일을 처리할 수 있게 되었으므로, 그녀는 아들의 의견을 받아들여 구혼자들의 재능을 시험하여 선택하기로 결정했다. 시험은 활쏘기였다. 열두 개의 고리가 일렬로 배열되고, 이 열두 개 전부를 화살로 관통한 사람이 왕비를 차지하는 것이다. 전에 오디세우스가 한 친구로부터 받은 활을 무기고에서 끌어 내어, 화살이 가득한 화살통과 함께 홀 안에 놓았다. 텔레마코스는 경기에 열중하다 보면 다른 무기를 마구 휘두를 위험이 있다는 구실로 무기들은 모두 다른 곳으로 옮기라고 명했다.

시합 준비가 끝나자, 우선 활시위를 얹기 위해서 활을 구부리는 일을 했다. 텔레마코스가 시험해 보았으나 허사였다. 그래서 그는 자기 분수에 넘치는 일을 시도했다고 겸손하게 고백하면서 활을 다른 사람에게 넘겨 주었다. 그러나 그 사람도 활을 구부리지 못하고 그의 동료들로부터 조롱과 비난을 받으면서 포기했다. 다른 사람, 또다른 사람이 해 보았다. 그들은 활에 기름을 발라 보기까지 했으나, 활은 좀처럼 구부러지지 않았다. 마침내 오디세우스가 자기도 한번 해 볼 수 있게 해 달라고 겸손하게 말했다.

「제가 지금은 비록 거지입니다만, 한때는 무사였습니다. 몸은 늙었으나 아직은 얼마간 힘이 남아 있을 것입니다.」

구혼자들은 조소하고 소리치며, 오만무례한 자를 내쫓으라고 명령했다. 그러자 텔레마코스가 큰 소리로 그를 변호하며, 오직 늙은이의 마음을 만족시켜 준다는 뜻에서 한번 해 보라고 명령했다. 오디세우스는 활을 집어 들고 능숙한 솜씨로 다루었다. 그리고 쉽게 화살을 활시위에 매기고, 줄을 당겨 화살을 보기 좋게 열두 개의 고리 속으로 관통시켰다.

그들이 경탄의 소리를 낼 여유도 주지 않고 그는 '이게 또 하나의 표적이다' 하고 구혼자 중에서 제일 무례한 자를 향해 정면으로 활을 겨누었다. 화살이 그의 목을 겨누자 그는 그 자리에서 쓰러졌다. 텔레마코스와 에우마이오스, 그 밖의 충복들이 단단히 무장을 하고 오디세우스 곁으로 뛰어갔다. 구혼자들은 놀라 주위를 둘러보며 무기를 찾았으나 눈에 띄지 않았고, 에우마이오스가 문을 지키고 있었기 때문에 도망칠 수도 없었다.

오디세우스는 마침내 자기의 정체를 밝혔다. 그는 자기가 오랫동안 부재중이던 주인이라는 것, 그들이 이제까지 침범한 것은 자기 궁전이요, 그들이 탕진한 재산은 자기 재산이며, 20년 동안 그들이 괴롭힌 것은 자기 아내와 아들이라는 것을 밝히고, 그에 대해 철저히 복수하겠다고 선언했다. 그리하여 모두 다 참살되고, 오디세우스는 다시 궁전의 주인이 되어 그의 왕국과 아내를 되찾았다.

아이네이아스

　우리는 지금까지 그리스 군의 영웅 가운데 한 사람인 오디세우스가 트로이에서 집으로 돌아올 때까지의 방랑의 자취를 더듬어 보았다. 이번에는 트로이 군의 대장 아이네이아스의 모험을 다루려고 한다(이것은 베르길리우스의 서사시 「아에네이스」에 해당하는 것이다).

　트로이 사람들은 고국이 멸망한 후 대장 아이네이아스를 따라 신천지를 찾아 떠났다. 그리스 군이 만든 목마가 그 뱃속에 있던 무사들을 토하여 트로이가 함락되고 불바다가 되던 운명의 밤에, 아이네이아스는 아버지와 아내, 그리고 어린 아들을 데리고 도망쳤다. 그의 아버지 앙키세스는 늙어서 빨리 걸을 수 없었기 때문에 아이네이아스는 그를 어깨에 떠메고 갔다. 그는 아버지를 메고 아들의 손을 잡고 아내를 이끌고 될 수 있는 한 빨리 그 불타는 도시를 빠져 나가려다가 그 혼란 중에 아내와 헤어지고 말았다.

　예정된 장소에 가 보니 그곳에는 이미 많은 피난민들이 모여 있었는데, 그들은 모두 아이네이아스의 통솔에 따랐다. 그들은 수개월 동안 준비를 하고는 마침내 배를 띄웠다.

그들이 처음 도착한 트라키아 해안에 새로운 도시를 건설하기 위해 준비를 할 때였다. 아이네이아스가 제물을 바치려고 가까운 숲에서 나뭇가지를 꺾었다. 그런데 놀랍게도 가지가 꺾인 자리에서 피가 흘러내렸다. 이상하게 여겨 다시 가지를 꺾었더니, 이번에는 땅 속에서 외치는 소리가 들렸다.

「살려 주시오, 아이네이아스! 나는 당신의 친척인 폴리도로스요. 나는 여기서 많은 화살을 맞고 피살되었고, 그 화살들이 내 피를 먹고 자라나서 이렇게 숲이 되었다오.」

이 말을 듣고 아이네이아스는 트로이의 어린 왕자였던 폴리도로스를 생각했다. 그의 아버지는 아들을 전쟁의 재난에서 멀리 떨어진 안전한 곳에서 자라도록 하기 위해 이웃 나라인 트라키아에 많은 재물과 함께 보냈었다. 그런데 트라키아 왕은 재물만 빼앗고 아이를 죽여버렸다. 아이네이아스와 동료들은 신도시 건설을 포기하고 다시 길을 떠났다. 저주받은 땅에다 도시를 건설할 수는 없었기 때문이다.

다음에 일행은 델로스 섬에 상륙했다. 그 섬은 원래 바다를 떠다녔는데, 제우스가 견고한 쇠사슬로 해저에 묶어 놓았다. 아폴론과 아르테미스가 그곳에서 태어나자, 그 섬은 아폴론에게 봉헌되었다.

아이네이아스는 그곳에서 아폴론의 신탁에 물었는데, 신탁은 아주 모호한 답변을 내렸다.

「너희들의 옛 어머니를 찾아라. 거기에서 아이네이아스의 종족이 살아야 하느니라. 그리하면 그 밖의 모든 백성을 그 지배 아래에 두게 되리라.」

트로이 사람들은 이 말을 듣고 기뻐했다.

그리고 바로 '신탁이 뜻하는 곳은 어딜까?' 하고 서로 물었다.

앙키세스는 조상이 크레타에서 왔다는 전설이 있는 것을 상기하고는 그곳으로 떠나자고 했다. 그들은 크레타에 도착하여 곧 도시를 건설하기 시작했다. 그런데 갑자기 그들 사이에 전염병이 돌고 애써 가꿔 놓은 밭에서는 곡식이 한 톨도 나지 않았다. 이런 괴이한 일들이 줄지어 일어나고 있을 때, 아이네이아스는 꿈을 꾸었다. 꿈속에서 서쪽에 있는 헤스페리아라는 나라로 가라는 계시를 받았다. 그곳은 트로이 인의 조상인 다르다노스가 처음으로 이주해 온 곳이었다. 그래서 그들은 오늘날 이탈리아라고 부르는 헤스페리아를 향해 떠나기로 했다.

그곳에 도착하기까지 그들은 무수한 고통과 모험을 겪어야 했다. 오늘날 같으면 지구를 몇 바퀴나 돌 만한 오랜 세월이 흐른 뒤에 겨우 그곳에 도착했다.

그들이 처음 상륙한 곳은 하르피아이가 사는 섬이었다. 하르피아이는 처녀의 머리에 긴 발톱을 갖고, 굶주림으로 인해 창백한 얼굴을 하고 있는 혐오스러운 새였다. 이 새들은 옛날에 제우스가 그 잔인한 소행에 대한 벌로서 시력을 박탈한 피네우스(트라키아 왕으로서, 후처의 충동질을 받아 전처 소생인 두 아들의 눈을 멀게 했기 때문에 자신도 신의 벌을 받아 장님이 되었음)를 괴롭히기 위하여 신들이 파견한 것이었다. 피네우스 앞에 음식이 놓이면 언제나 공중에서 하르피아이가 날아와서 가로채 갔다. 그런데 그 새들이 '아르고' 원정의 영웅들에 의하여 피네우스 곁에서 추방되자, 이 섬에 와서 살고 있었던 것이다.

배가 항구로 들어섰을 때, 트로이 인들은 가축 떼가 들판을 배회하는 것을 보았다. 그들은 필요한 만큼의 가축을 잡아 식사 준비를 하였다. 그러나 그들이 모두 식탁에 앉자마자 갑자기 공중에서 무섭고도 요란한 소리가 들려 왔다. 다음 순간 추악한 하르피아이 떼들이 그들을 향해 돌진해 내려와, 접시에 있는 고기를 낚아채 날아갔다. 아이네이아스와 그의 동료들이 칼을 빼들고 이 괴물들을 향해 휘둘렀으나 아무 소용이 없었다. 너무도 민첩하여 맞힐 수가 없었고, 깃털은 칼이 들어가지 않는 갑옷과 같았다. 그 중의 한 마리가 가까운 곳에 있는 절벽 위에 앉아 소리쳤다.

「트로이 놈들아, 죄없는 우리들에게 이런 짓을 하는 이유가 뭐냐? 처음에는 우리 가축을 도살하더니, 이제 우리에게 싸움까지 거는 거냐?」

그리고 그 새는 장래 그들의 앞길에 무서운 재난이 있음을 예고하고 마음껏 욕을 퍼붓고는 날아가 버렸다. 트로이 인들은 그곳을 떠날 수밖에 없었다.

그들이 다음으로 도착한 곳은 에페이로스 해안이었다. 놀랍게도 이전에 포로로 끌려온 몇 명의 트로이 인들이 그 지방의 지배자가 되어 있었다.

헥토르의 미망인 안드로마케는 승리를 거둔 그리스 군의 어떤 대장의 아내가 되어 아들 하나를 낳았다. 그 대장이 죽자, 그녀는 아들의 후견인으로 이 나라를 섭정하고 있었다. 같은 포로 출신인 트로이의 왕

족 헬레노스와 안드로마케는 아이네이아스 일행을 정중하게 환대하고
선물을 주어 보냈다.

아이네이아스 일행은 시칠리아 해안을 따라 항해하여 키클로프스
섬을 통과하게 되었다. 그때 그들을 부르는 자가 있었는데, 그 모습은
초라했으나 복장으로 보아 그리스 인임에 틀림없었다. 그가 말하길, 자
기는 오디세우스 일행이었는데, 오디세우스가 자기도 모르는 사이에
급히 떠났기 때문에 홀로 남게 되었다고 했다.

그는 오디세우스가 폴리페모스를 상대로 했던 모험담을 들려 주었
다. 그리고 이곳에는 나무 열매나 풀뿌리밖에는 먹을 것이 없고 항상
키클로프스들의 위협이 있으므로 자기를 데리고 가 달라고 간청했다.
이런 이야기를 하고 있을 때 폴리페모스가 나타났다. 그는 흉할 정도
로 몸집이 크고 하나밖에 없는 눈마저 망가져 버렸다. 그는 도려 낸 눈
을 바닷물로 씻기 위해 지팡이로 길을 더듬으며 조심스럽게 바닷가로
내려왔다. 그리고 그들이 있는 물 속을 향해 걸어왔다. 그는 키가 무척
컸기 때문에 깊은 바닷속에도 들어갈 수 있었다.

트로이 인들은 그를 피하려고 노를 잡았다. 노 젓는 소리를 듣고 폴
리페모스가 소리쳤다. 그 소리는 해안을 쩌렁쩌렁 울릴 정도였다. 그
러자 그 소리를 들은 다른 키클로프스들이 동굴과 숲 속에서 뛰어나와
해안에 한 줄로 늘어섰는데, 마치 키 큰 소나무들이 늘어선 것 같았다.
트로이 인들은 열심히 노를 저어 가까스로 그들의 시야에서 벗어났다.

아이네이아스 일행은 전에 오디세우스가 그의 부하 여섯 명을 잃었
던 괴물 스킬라와 칼리브디스가 살고 있는 해협을 지나게 되었다. 아

이네이아스는 헬레노스의 충고에 따라 이 위험한 해협을 피하고 시칠리아 섬 해안을 따라 항해했다.

헤라는 트로이 인들이 목적지를 향해 순조롭게 항해하는 것을 보자, 그들에 대해 가졌던 원한이 되살아나는 것을 느꼈다. 그녀는 파리스가 자기의 아름다움을 무시하고 그 황금 사과를 다른 신에게 준 일을 잊을 수가 없었던 것이다. 그래서 그녀는 급히 바람의 지배자인 아이올로스에게 갔다. 아이올로스는 여신의 명령에 따라 자기의 아들 보레아스(북풍)와 티폰(태풍), 그 밖의 바람들을 보내어 폭풍을 일으키게 했다. 드디어 무서운 폭풍이 일어나, 트로이 인의 배들은 진로에서 벗어나 아프리카 해안으로 밀려 나갔다. 배들은 난파할 위험에 직면하자 모두 흩어졌기에 아이네이아스는 자기 배 이외에는 모두 좌초된 것으로 생각했다.

그때 자기의 명령 없이 폭풍이 날뛰는 소리를 들은 포세이돈이 이상하다고 생각하며 파도 위에 머리를 내놓고 보니, 폭풍 앞에 쫓기고 있는 아이네이아스의 배들이 눈에 들어왔다. 그는 헤라가 트로이 인에게 앙심을 품었다는 것을 알아차렸지만, 자기 권한을 침범한 데 대해서는 참을 수 없이 화가 났다. 그는 바람을 불러서 몹시 꾸짖어 쫓아 보냈다. 그런 다음 파도를 가라앉히고, 태양을 가리고 있던 구름을 흩어지게 했다. 또 바위에 올라앉은 배들을 삼지창으로 밀어내, 트리톤과 바다의 님프에게 어깨로 받치게 하여 물에 띄웠다.

바다가 평온해지자, 트로이 인들은 제일 가까운 해안을 찾아갔다. 그곳은 카르타고 해안이었다. 아이네이아스는 배들이 몹시 파손되긴 했으나 차례차례 모두 무사히 도착하는 것을 보고 크게 기뻐했다.

  트로이의 유랑민들이 상륙한 카르타고는 시칠리아 반대편인 아프리
카 해안에 있는 도시였다. 그곳은 당시 티로스 이민들이 여왕 디도의
지휘하에 새로운 나라의 기초를 쌓으려던 곳으로, 후에 로마의 적이 될
운명을 지니고 있었다.
  디도는 티로스의 왕 벨로스의 딸이요, 아버지의 왕위를 계승할 피그
말리온의 누이동생이었다. 그녀의 남편은 많은 재산을 소유한 시카이
오스라는 자였는데, 피그말리온은 그 재산에 눈이 어두워 그를 죽음으
로 몰고갔다. 그러자 디도는 몇 척의 배에 시카이오스의 재산을 모두
싣고 많은 친구들과 부하들을 이끌고 티로스로부터 도망쳤던 것이다.
  드디어 미래의 거처로 선택한 곳에 이르자, 그들은 원주민들에게 황
소 가죽으로 둘러쌀 수 있을 정도의 토지만으로도 족하니 좀 나누어 달
라고 부탁했다. 원주민들이 쾌히 승낙하자 디도는 황소 가죽을 가늘고
길게 잘라 몇 개의 끈으로 만들어 그것으로 토지를 둘러싸고, 그 경계
안에 성채를 쌓은 다음 비르사('짐승의 가죽'이라는 뜻)라고 불렀다.
얼마 후 이 성채 주위에 카르타고 시가 일어나 크게 번영했다.
  그 무렵에 아이네이아스가 그의 동료들과 함께 그곳에 도착했다. 디
도는 이 명예로운 유민을 맞아 친절히 환대하며 말했다.
  「나도 고생을 했기 때문에 불행한 사람들을 도울 줄 알게 되었습니
다.」
  여왕은 그들을 위하여 축제를 열고, 힘과 기능의 경기를 개최하였다.

아이네이아스 일행도 여왕의 신하들과 대등한 조건으로 종려나무 잎 (승리의 증표)을 얻으려고 다투었다. 경기가 끝난 후 벌어진 연회석상에서 아이네이아스는 여왕의 요구에 응하여 트로이에서 있었던 큰 전쟁과 트로이 함락 후의 모험담을 이야기했다.

디도는 아이네이아스의 말을 듣고 크게 감동받았다. 그리고 마침내 그를 사랑하게 되었는데, 그도 그녀의 구애를 기꺼이 받아들였다. 아이네이아스는 힘겨운 유랑 생활에 종지부를 찍고 이 왕국에서 행복한 가정을 꾸밀 생각을 했다. 그리하여 그는 이탈리아의 일도, 또 그 해안에 건설할 예정인 왕국에 대해서도 모두 잊은 듯했다. 그러자 제우스는 헤르메스를 아이네이아스에게 보내 숭고한 사명을 환기시키고 항해를 계속하도록 명령하였다.

마침내 아이네이아스도 디도의 갖은 유혹과 만류에도 불구하고 그 섬을 떠날 운명을 피할 수 없음을 깨달았다. 아이네이아스를 사랑한 디도는 그가 떠나버리자 자존심에 큰 상처를 입어 전부터 쌓아 두었던 화장용 장작더미 위에 올라가 자신의 몸을 찌르고 불을 붙였다. 도시의 상공으로 솟아오른 화염이 떠나는 트로이 인들의 눈을 사로잡았다. 원인은 알 수 없었으나, 아이네이아스는 그것을 보고 불길한 사건의 전조 같은 것을 느꼈다.

아이네이아스 일행은 시칠리아 섬에 정박했다. 당시 그곳을 지배하고 있던, 트로이 왕가의 피를 받은 아케스테스는 그들을 환대하였다. 그 후, 그들은 다시 배를 타고 이탈리아를 향해 항해를 계속했다. 아프로디테는 포세이돈에게 자기 아들(아이네이아스를 말함)이 바다의 위험으로부터 벗어나 무사히 목적지에 도착할 수 있게 해 달라고 청원했다. 포세이돈은 승낙했으나 조건을 내세웠다. 한 생명을 희생물로 바치라는 것이었다. 그 희생자는 키잡이 팔리누르스였다. 그가 손에 키를 잡고 별을 바라보면서 앉아 있을 때, 포세이돈이 보낸 잠의 신 휘프노스가 포르바이(트로이의 왕 프리아모스의 아들)의 모습으로 변장하여 그에게 다가갔다.

「팔리누르스, 순풍으로 해면이 잔잔해 순조롭게 항해하고 있으니, 잠깐 누워서 쉬는 것이 좋지 않겠나. 내가 자네 대신 키를 잡아 주겠네.」

「순풍이니, 해면이 잔잔하다느니 하는 말은 입 밖에도 내지 마시오. 나는 그것들이 배반하는 것을 너무도 많이 보아 왔소. 이런 변덕스러운 날씨에 어떻게 아이네이아스를 맡길 수 있단 말입니까?」

그리고 팔리누르스는 계속하여 별을 응시했다. 휘프노스가 '망각의 강'인 레테 강가의 이슬에 젖은 나뭇가지를 머리에 대자, 그의 눈은 감겼다. 졸고 있는 팔리누르스를 휘프노스가 밀어버렸다. 그 바람에 팔리누르스는 키를 잡은 채 바다에 빠지고 말았다.

포세이돈은 약속을 지켜서 키도 키잡이도 없는 배를 전진하도록 했다. 아이네이아스는 얼마 후에야 팔리누르스가 없어진 것을 알고 이 충실한 키잡이의 죽음을 슬퍼했다.

배는 마침내 이탈리아 해안에 도착했다. 일행은 기뻐 날뛰며 육지로 올라갔다. 부하들이 야영 준비를 하고 있는 동안 아이네이아스는 시빌레(아폴론을 비롯한 다른 신들의 신탁을 고하는 무녀)의 집을 찾아갔다. 그곳은 아폴론과 아르테미스에게 봉헌된 신전과 숲에 인접한 동굴이었다.

시빌레는 아폴론의 영감을 받아 아이네이아스가 최후의 모험까지 겪어야 할 수많은 노고와 위험을 암시했다. 그러나 그것을 무사히 넘기고 나면 마침내는 성공할 것이라고 했다. 이때 시빌레가 한 말이 속담으로 남았다.

「재난에 굴하지 마라. 더 용감하게 전진하라(Tu ne cede malis, Sed contra audentior ito).」

아이네이아스는 어떤 일을 당할지라도 견딜 각오가 되어 있다고 답변했다.

어느 날 꿈에 아버지 앙키세스가 나와 죽음의 나라로 오라고 지시했다. 아이네이아스가 시빌레에게 도와 달라고 부탁하자 시빌레가 대답하였다.

「아베르누스(그리스 어로 '아오르노스', '새가 없는 곳'이라는 뜻으로 명부를 말함)까지 내려가는 것은 쉬운 일이오. 플루톤(하데스)의 문은 항상 열려 있으니까. 그러나 발을 돌려 지상으로 돌아오기가 힘들고 어려울 거요.」

그런 다음 시빌레는 아이네이아스에게 신전으로 가서 황금의 가지가 달려 있는 나무를 찾으라고 했다. 그 가지를 꺾어 페르세포네에게 선물로 바쳐야 하는데, 운이 좋으면 쉽게 꺾을 수 있지만 운이 나쁘면 어떤 방법으로도 꺾을 수 없다고 말하며 그녀는 덧붙였다.

「그것을 꺾을 수만 있다면, 만사가 다 잘될 것이오.」

아이네이아스는 시빌레의 지시에 따랐다. 그러자 그의 어머니 아프로디테는 비둘기 두 마리를 보내 아이네이아스의 길을 인도했다. 비둘기의 도움으로 아이네이아스는 그 나무를 발견하고, 가지를 꺾어 시빌레가 있는 곳으로 돌아왔다.

고대의 가장 훌륭한 시인 가운데 한 사람인 베르길리우스는 당대의 권위 있는 철학자들의 이론을 토대로 하여 죽은 자들의 나라에 대해 다음과 같이 서술하고 있다.

'그가 지옥의 입구라고 생각했던 곳은, 지상에 있는 우리 인간들에게는 무섭고 초자연적인 것에 대한 호기심을 자극하는 데 가장 적당한 곳이리라.

그곳은 베수비오 산 부근의 화산 지대로서, 깊이 갈라져 터진 곳에서는 유황의 불꽃이 피어 나오고, 속에 갇혀 있는 증기 때문에 지면은 동요되고, 땅 속으로부터는 이상한 울림이 새어 나온다. 지름이 반 마일이나 되는 원형의 아베르누스 호(湖)는 깊고 높은 둑으로 에워싸여 있는데, 이 둑은 베르길리우스 시대에는 울창한 숲으로 덮여 있었다.'

그 수면에서 유독한 증기가 올라와 둑 위에는 풀 한 포기 나지 않고, 새 한 마리 날지 않았다. 베르길리우스에 의하면, 바로 그곳에 지옥으로 통하는 동굴이 있었고, 그곳에서 아이네이아스는 페르세포네, 헤카테, 푸리아이 등 지옥의 여신들에게 제물을 바쳤다고 한다. 그러자 포효하는 소리와 함께 둑 위의 숲이 흔들리고, 개가 짖으며 여신들이 가까이 온 것을 알렸다.

「자, 이제 용기를 내십시오. 이제부터는 용기가 필요하니까요.」

시빌레가 말했다.

그리고 그녀는 동굴 속으로 내려갔다. 아이네이아스도 그 뒤를 따랐다. 지옥의 문으로 들어가기 전에 그들은 한 무리의 군상들 사이를 지나갔는데, 그들은 '비탄'과 '복수의 일념', 창백한 '병'과 우울한 '노년', 범죄의 동기가 되는 '공포'와 '기아', '노역', '빈궁', '죽음' 등으로서, 보기에도 끔찍한 형상들이었다. 푸리아이와 '불화'의 여신들이 그곳에 침상을 펴고 있었는데, 불화의 여신들의 머리카락은 피 묻은 끈으로 묶인 여러 마리의 독사로 이루어져 있었다. 또 그곳에는 히드라와 키마이라, 그리고 백 개의 팔을 가지고 있는 브리아레오스 같은 괴물들이 있었다. 그것들을 보고 아이네이아스가 몸서리를 치며 칼을 빼어 들고 치려고 하자 시빌레가 말렸다.

그들은 다시 코키토스('비탄의 강'이라는 뜻)라는 흑하(黑河)에 이르렀는데, 그곳에는 늙고 지저분하기는 하지만 굳세고 정력적으로 보이는 카론이라는 사공이 있어 각양각색의 사람들을 배에 태우고 있었다. 그들은 용맹스러운 영웅들과 소년 또는 처녀들이었는데, 그 수는 헤아릴 수 없이 많았다. 그들은 앞을 다투어 배를 타고 맞은편 언덕으로 건너가려고 했다. 그러나 엄격한 사공은 자기가 선택한 자만을 배에 태우고 나머지는 쫓아 버렸다. 아이네이아스는 그 광경을 보고 이상히 여겨 시빌레에게 물었다.

「왜 어떤 사람은 태우고 어떤 사람은 태우지 않는 겁니까?」

그녀는 대답했다.

「배를 탈 수 있는 것은 정당한 장례를 치른 자의 영혼이고, 그렇지 못한 자는 이 강을 건널 수 없습니다. 그들은 백 년 동안 강가에서 이리저리 돌아다니며 방황하지 않으면 안 됩니다. 그러나 백 년이 지나고 나면 그들도 강을 건너게 됩니다.」

아이네이아스는 폭풍우를 만나 불행하게 죽은 동료들을 생각하고 슬퍼했다. 그때 그는 배 밖으로 떨어져 물에 빠져 죽은 키잡이 팔리누르스를 보았다. 아이네이아스는 그가 왜 그런 재난을 당했느냐고 물었다. 팔리누르스는 키가 부러졌는데, 그 키에 매달려 있다가 물결에 휩쓸렸다고 대답했다. 팔리누르스는 아이네이아스에게 맞은편 언덕으로 데려다 달라고 간청했다.

그러자 시빌레는 그런 행동은 플루톤(하데스)의 규율을 어기는 것이라며 그를 꾸짖었다. 그러나 그녀는 팔리누르스의 시체가 밀려 올라갈 해안 사람들에게 갖가지 이상한 일이 일어나 그들이 정중하게 장례를 치러 줄 것이며, 그 곶(岬)은 팔리누르스 곶이라 불리리라——지금도 그렇게 불리고 있다——는 것을 알려 주어 그를 위로하였다. 그리고 그들은 그와 작별하고 배 가까이로 갔다.

카론은 점점 가까이 오는 무사를 뚫어지게 쳐다보며, 무슨 권리로 산 사람이 이 강가에 오느냐고 물었다. 이에 대하여 시빌레는 자기들은 결코 엉뚱한 짓을 하려는 것이 아니며, 아이네이아스가 여기에 온 목적은 그의 아버지를 만나 보는 것이라고 답변하고 황금 가지를 내보였다. 그것을 보자, 카론은 곧 노여움을 풀고 서둘러 배를 강가로 돌려 그들을 태웠다. 그 배는 원래 육체가 없는 영혼만 태우도록 만들어졌으므로, 아이네이아스가 타자 무거워서 신음소리를 냈다.

그들은 곧 맞은편으로 건너갔다. 그곳에서 머리가 세 개고, 목에는 뱀이 억센 털처럼 곤두서 있는 케르베로스라는 개를 만났다. 케르베로스는 세 개의 목구멍을 다 열고 짖어댔는데, 시빌레가 약이 섞인 과자를 던져 주자 그것을 받아먹고는 곧 굴 속에 드러누워 잠이 들었다.

아이네이아스와 시빌레는 뭍으로 뛰어올랐다. 그러자 그들의 귀에 생명의 시작 단계에서 죽은 갓난아이들의 통곡 소리가 들려 왔다. 또 그들 옆에는 무고한 죄를 뒤집어쓰고 죽은 사람들이 있었다. 미노스(크레타의 왕. 제우스와 에우로페 사이에서 난 그는 법률의 제정자로 유명해짐)가 재판관이 되어 그들을 지배하고, 각자의 행적을 조사하고 있었다.

그 옆에 있는 무리는 자살한 사람들이었다.

뒤이어 비탄의 들이 나타났다. 그곳은 몇 갈래의 호젓한 길로 나뉘어 있고, 그 길은 도금양(桃金孃) 숲 속으로 통해 있었다. 짝사랑의 제물이 되어 죽어서까지 사무치는 고통에서 헤어나지 못하는 사람들이 그 들판을 배회하고 있었다. 그들 가운데서 아이네이아스는 아직도 상처가 아물지 않은 디도의 모습을 언뜻 본 것 같았다. 어두침침하였기 때문에 처음에는 확실하지 않았으나, 가까이 가자 디도임을 알 수 있었다. 아이네이아스의 눈에서 눈물이 흘러내렸다. 그는 그녀에게 애정이 넘치는 목소리로 말했다.

「불쌍한 디도여! 그럼 그대가 죽었다는 소문이 사실이었는가? 그리고 그것이 나 때문인가? 신들을 증인으로 내세울 수도 있소. 맹세코 그대를 떠난 것은 내 뜻이 아니라 제우스의 명령에 복종하지 않을 수 없었기 때문이오. 또 나와의 작별이 그대에게 그토록 엄청난 희생을 불러일으킬 줄은 생각지 못했소. 제발 발을 멈추고 내 최후의 작별의 말을 들어 주오.」

그녀는 얼굴을 돌린 채 한동안 땅바닥을 내려다보고 서 있더니, 다시 조용히 걷기 시작했다. 그가 아무리 변명을 늘어놓아도 그녀는 바위처럼 냉랭했다. 아이네이아스는 얼마 동안 디도의 뒤를 따라가다 무거운 마음으로 시빌레에게 돌아왔다.

다음으로 그들은 전사한 영웅들이 배회하고 있는 들판으로 갔다. 그곳에는 그리스와 트로이 무사들의 망령들이 많았다. 트로이의 망령들은 아이네이아스 주위로 모여들었다. 그 망령들은 그가 그곳에 온 이유를 물었고, 그 밖에도 많은 질문을 퍼부었다. 그러나 그리스의 망령들은 어두운 대기 속에서 번쩍이는 갑옷을 보고 그것이 아이네이아스라는 것을 알자 공포에 떨며 도망쳤다. 트로이 전쟁에서 흔히 그들이 보인 모습과 흡사했다.

이윽고 시빌레와 아이네이아스는 두 갈래로 나누어진 길에 들어섰는데, 하나는 엘리시온(극락)으로 통하고, 다른 하나는 지옥으로 통하는 길이었다. 아이네이아스는 한쪽에 굉장한 도시의 성벽이 있는 것을 보았다. 그 주위에는 플리게톤('불의 강'이라는 뜻)이 화염의 물결을 다스리고 있었다. 앞에는 신들도 인간도 열 수 없는 금강석 문이 있고, 그 옆의 쇠탑 위에서는 복수의 여신 티시포네가 망을 보고 있었다. 성

안에서는 신음소리와 채찍 휘두르는 소리, 그리고 쇠사슬을 끄는 소리가 들려 왔다. 아이네이아스는 공포에 떨며 지금 들려 온 소리는 어떤 범죄를 다스리는 형벌이냐고 물었다. 시빌레가 대답했다.

「이곳은 라다만티스(제우스와 에우로페의 아들)의 법정인데, 생전에 범한 죄를 밝히는 곳이오. 범죄자는 그것을 아무도 모를 것이라고 생각하나 천만의 말씀이오. 티시포네가 쇠사슬 채찍으로 죄인을 때린 후에 그를 다른 복수의 여신에게 넘긴다오.」

그때 무시무시한 소리를 내며 금강석 문이 열렸다. 아이네이아스는 문 안에서 히드라가 입구를 지키고 있는 것을 보았다. 시빌레는 아이네이아스에게 지옥의 심연은 마치 그들의 머리 위에 있는 하늘이 무한히 높듯이 무한히 깊다고 말했다. 그 심연의 바다에는 옛날에 신들에게 반항했던 거인족들이 꼼짝없이 갇혀 있었다. 살모네우스도 그곳에 있었다. 오만했던 그는 제우스와 우열을 다투고자 청동으로 다리를 만든 다음, 그 위로 이륜차를 몰고 가며 천둥과 번갯불을 흉내내어 불타는 나뭇가지를 백성들에게 던졌다. 그러자 제우스는 그에게 진짜 벼락을 때려 인간의 무기와 신의 무기의 차이를 가르쳐 주었다. 거인 티티오스도 그곳에 있었는데, 독수리가 항상 그의 간을 파먹고 있었다. 그의 간은 독수리가 쪼아먹어도 언제나 새로 생겨나기 때문에, 그의 형벌은 그칠 날이 없었다.

한 곳에서는 수많은 사람들이 맛있는 음식이 차려진 식탁 앞에 앉아 있었다. 그 옆에는 복수의 여신이 지키고 있다가 사람들이 음식을 먹으려고 하면 그것을 빼앗았다. 또 어떤 자들의 머리 위에는 큰 바윗돌이 걸려 있는데, 그것이 곧 떨어질 것 같아 그들은 끝없는 공포에 시달리고 있었다. 그들은 생전에 형제를 미워한 자, 부모를 때린 자, 그들을 신뢰한 친구를 배반한 자, 혹은 부유하게 된 후에 재물을 탐하여 다른 사람에게 한푼도 나누어 주지 않은 자 등이었는데, 마지막 부류에 속하는 자가 가장 많았다.

또 그곳에는 결혼 약속을 배반한 자, 불의의 전쟁을 일으킨 자, 주인에게 불충실한 자들이 있었다. 돈 때문에 조국을 배신한 자, 법률을 악용하여 자기에게 유리하게 해석한 자들도 있었다.

익시온도 그곳에 있었는데, 그는 끊임없이 돌아가는 수레바퀴에 결박되어 있었다. 시시포스도 있었다. 그가 하는 일은 바위를 산꼭대기로 끌어 올리는 일이었는데, 가까스로 산꼭대기에 이르면 바위는 어떤 갑작스러운 힘에 의하여 다시 들판으로 굴러 내렸다. 그는 그 일을 끊임없이 되풀이해야 하는 형벌을 받고 있었다.

탄탈로스는 못 속에 서 있었다. 못의 물이 그의 목까지 찼지만, 그는 목이 말라 갈증을 면할 도리가 없었다. 그가 물을 들이마시기 위해 백발의 머리를 숙이면 물이 모두 달아나기 때문이다. 또 배, 석류, 사과, 무화과 등 맛있는 과일이 주렁주렁 달린 나무가 그의 머리 위에 있었지만, 손을 내밀어 잡으려고 하면 바람이 불어와 손이 닿지 않는 곳으로 나뭇가지를 높이 올렸다.

시빌레는 아이네이아스에게 이제는 이 음울한 곳에서 벗어나 행복한 사람들이 살고 있는 나라를 찾아갈 때라고 알려 주었다. 그들은 암흑의 중간 지대를 통과하여 엘리시온의 들로 나왔다. 행복한 사람들이 사는 곳이었다. 그들은 안도의 숨을 내쉬고 있었으며, 모든 것이 자줏빛 광선으로 싸여 있었다. 엘리시온은 나름대로의 태양과 별들을 가지고 있었다. 그곳에 있는 사람들은 여러 방법으로 즐거움을 누리고 있었다. 즉, 어떤 사람들은 푸른 잔디 위에서 역기나 기타 여러 가지 경기를 하고 있었고, 또다른 사람들은 춤을 추거나 노래를 부르고 있었다. 오르페우스는 리라로 매혹적인 연주를 하고 있었다.

아이네이아스는 그곳에서 행복한 시절에 생존했던, 트로이를 건설한 고결한 영웅들을 보았다. 그와 함께 지금은 쓸모가 없어진 전쟁용 이륜차와 찬란한 무기들을 경탄에 찬 눈으로 바라보았다. 창은 땅에 꽂혀 있었고, 말들은 마구를 벗고 들판에서 뛰놀고 있었다. 그 늙은 영웅들이 생전에 자기들의 무기와 준마에 대해 가지고 있던 자부심은 이곳에서도 변함이 없었다.

그는 또다른 일단의 사람들이 연회를 베풀고 음악에 귀를 기울이고 있는 것을 보았다. 그들은 월계수 숲 속에 있었다. 저 위대한 포 강의 원천을 이루며 그것이 도시로 흘러나오는 곳이었다. 그곳에는 나라를 위해 싸우다 부상당한 사람과 성직자, 아폴론에 비견될 정도의 사상을 노래한 시인들, 또 유익한 기술상의 발명에 의하여 인생을 격려하고 장식하는 데 공헌한 사람들, 그리고 인류에게 봉사하여 그 은인으로서 기념되는 사람들이 살고 있었다. 그들은 눈과 같이 흰 리본을 이마에 달고 있었다.

시빌레는 그들에게 앙키세스가 어디에 있느냐고 물었다. 그들이 일러 준 대로 가니, 푸른 잎이 무성한 골짜기에서 앙키세스를 찾을 수 있었다. 거기서 앙키세스는 자손들의 운명과 그들이 장차 달성할 훌륭한 위업에 대해 생각하고 있었다. 아이네이아스가 가까이 오는 것을 보자, 그는 두 손을 내밀고 하염없이 눈물을 흘리며 말했다.

「마침내 네가 왔구나. 오랫동안 너를 기다려 왔다. 그 많은 위험을 무릅쓰고 잘 찾아와 주었구나. 오, 내 아들아, 너의 여행을 지켜보며 얼마나 걱정을 했는지!」

「오, 아버지! 아버지의 영상은 언제나 제 눈앞에서 저를 인도하고 수호해 주셨습니다.」

그리고 아이네이아스는 아버지를 끌어안으려고 했지만, 그 팔은 헛된 환영만 안았을 뿐이었다.

아이네이아스의 눈앞에는 넓은 골짜기가 가로놓여 있었는데, 바람에 나무가 조용히 흔들리는 가운데 레테 강(망각의 강)이 유유히 흐르고 있었다. 강가에서는 여름날 볼 수 있는 날벌레와 같이 무수한 군중이 방황하고 있었다. 아이네이아스는 놀라서 그들이 누구냐고 물었다. 앙키세스가 대답했다.

「그들은 적당한 시기에 육체가 부여될 영혼들이다. 그 동안 그들은 레테 강가에 머물면서 그 물을 마시고 전생의 기억을 없애 버리려고 하는 것이다.」

아이네이아스가 말했다.

「오, 아버지! 이렇게 조용한 곳을 떠나서 지상으로 나가고 싶어할 만큼 육체적 생명을 사랑하는 사람이 있을까요?」

앙키세스는 천지 창조의 계획을 설명함으로써 대답을 대신했다. 그는 다음과 같이 말했다. 조물주는 영혼을 구성하는 재료를 불·공기·흙·물의 네 가지 원소로 만들었는데, 이 네 원소가 결합될 때에는 그 중에서 가장 탁월한 요소, 즉 불의 형태를 취하여 화염을 종자처럼 태양·달·별 등 천체 사이에 뿌렸다. 이 종자로부터 하위의 신들은 인간이나 다른 모든 동물을 창조했는데, 그때 여러 비율로 흙이 뒤섞였으므로 그 종자의 순수성이 감소되었다. 그래서 흙의 요소가 구성물 속에 많으면 많을수록 그 구성된 개체는 순수성이 떨어진다. 우리도 아는 바와 같이, 육체가 성숙한 남녀는 유년 시절의 순수성을 가지고 있지 않다. 육체와 영혼이 결합하고 있는 시간이 오래됨에 따라 불순성은 영혼으로 옮겨 간다. 이 불순성을 사후에는 없애야 하는데, 영혼에 바람을 쐬어 깨끗하게 하든지, 물 속에 담그든지, 아니면 불로 태워 버리든지 함으로써 그 일이 이루어진다. 극소수의 사람들——앙키세스는 자기도 그 가운데 한 사람임을 암시했다——은 단번에 엘리시온에 들어가 그곳에서 사는 것이 허용된다. 그러나 그렇지 않은 사람들은 흙의 요소에서 비롯된 여러 가지 불순성이 사라지고, 레테 강의 물에 전생의 기억을 완전히 씻은 후에 새로운 육체를 받아 이 세상으로 다시 오게 된다.

그러나 그 중에는 완전히 부패해서 도저히 인간의 육체를 줄 수 없는 사람이 더러 있는데, 그런 자는 사자·범·고양이·개·원숭이 등과 같은 동물로 만들어진다——이것을 고대 사람들은 메템프시코시스, 즉 영혼의 환생이라 불렀다. 그리고 이것은 아직도 인도의 원주민에 의하여 신봉되고 있는 종교이다. 그래서 그들은 극히 미미한 동물의 생명일지라도 그것이 자기네 친척 중 누군가의 모습이 변한 것일지도 모른다고 하여 죽이기를 꺼리는 것이다.

앙키세스는 설명을 마친 뒤, 앞으로 태어나게 될 아이네이아스 종족 사람들과 그들이 이 세상에서 성취하게 되어 있는 여러 가지 공적에 대해 이야기해 주었다. 그후 그는 다시 화제를 현재로 돌려, 아들에게 그들 무리가 이탈리아에 완전히 정착하기까지 그가 해야 할 일을 말해 주었다. 즉, 크고 작은 전쟁을 여러 차례 치른 뒤 아내를 맞이하여 나라를 건설하고, 그로부터 장차 세계 위에 군림하게 될 로마라는 나라가 일어날 것이라고 이야기했다.

아이네이아스와 시빌레는 앙키세스와 작별하고, 이번에는 지름길로 해서 인간 세계로 돌아왔다. 그런데 그 지름길에 대해서는 베르길리우스도 언급하고 있지 않다.

귀로에 올랐을 때, 아이네이아스가 시빌레에게 말했다.

「당신이 여신이든 혹은 신들의 은총을 받은 인간이든 나는 당신을 언제까지나 존경할 것입니다. 지상에 도착하면 나는 당신을 위하여 신전을 세우게 하겠습니다. 그리고 제물을 바치겠습니다.」

이에 대해 시빌레는 말했다.

「나는 여신이 아니라 인간입니다. 따라서 신전이나 제물을 요구하지 않습니다. 만일 내가 아폴론의 사랑을 받아들였다면, 불사의 여신이 되어 있을 것입니다. 그는 내가 자기 것이 되겠다고 승낙하면 내 소원을 들어 주겠다고 약속했습니다. 그래서 나는 모래를 한 줌 쥐고 앞으로 내밀며 말했습니다. '제발 이 손 안에 든 모래알의 수만큼 살게 해 주세요' 하고 말이지요. 그러나 나는 불행하게도 영원한 젊음을 지니게 해 달라는 청을 잊었습니다. 만일 내가 그의 사랑을 받아들였다면 그는 이 청도 들어 주었을 것입니다. 그러나 나의 거절에 감정이 상한 그는 나를 늙도록 내버려두었습니다. 나의 젊음과 젊음의 힘은 사라진 지 오래입니다. 나는 지금까지 7백 년을 살아왔습니다. 모래알의 수와 같아지려면 아직 3백 년을 더 살아야 합니다. 내 몸은 해마다 조금씩 소모되어 가고 있습니다. 머지않아 완전히 소멸되어 보이지 않게 될 것입니다. 그러나 내 음성만은 영원히 남아, 후세 사람들도 내 말을 존중하며 들어 줄 것입니다.」

이 마지막 말은 그녀의 예언력을 암시한 것이다. 그녀는 동굴 속에서, 나뭇잎 위에 사람의 이름과 운명을 적는 습관이 있었다. 이와 같이 글씨를 쓴 나뭇잎은 동굴 안에 질서 있게 배열되어, 신자의 상의에 응하는 것이었다. 그러나 만일 문을 열 때 바람이 들어와서 나뭇잎이 흩어지면 시빌레는 다시 그것을 원상태로 되돌려놓으려고 노력하지 않았으므로 신탁은 영원히 사라졌다.

아이네이아스는 시빌레와 작별하고 그의 함대로 돌아갔다. 그의 함대는 이탈리아 해안을 따라 항해하다가 티베르 강 하구에 닻을 내렸다. 베르길리우스는 방랑의 종점으로 정해진 땅까지 이 영웅을 데리고 와서 여러모로 상황을 노래하고 있다.

당시 그 나라를 통치하고 있던 자는 사투르누스로부터 3대째인 라티누스였다. 그도 이제는 늙었는데, 뒤를 이을 아들이 없이 라비니아라는 아름다운 딸만 하나 있었다. 그녀는 인근의 여러 왕들로부터 구혼을 받았는데, 그 중에 투르누스라는 루툴리 인의 왕이 있었다. 그는 라비니아의 부모의 뜻과도 맞았으나, 라티누스는 꿈속에서 아버지 파우누스로부터 라비니아의 남편이 될 사람은 이국에서 올 것이라는 계시를 받았다. 그리고 그들 부부 사이에서 세계를 종속시킬 운명을 가진 한 민족이 태어나리라는 것이었다.

이보다 앞서 아이네이아스 일행이 하르피아이의 무리와 전투를 했을 때, 그 반인 반조(半人半鳥)의 괴물 가운데 하나가 트로이 인에게 무서운 고통이 닥쳐올 것을 예언하고 위협했다. 특히 그 하르피아이는 그들이 방랑 생활을 끝내기 전에 식탁마저도 먹어치울 정도로 기아의 고통을 겪을 것이라고 예언했다. 그런데 드디어 그 예언이 실현되었다. 일행이 풀 위에 앉아서 얼마 남지 않은 식사를 하기 위해 무릎 위에 딱딱한 빵을 올려놓고, 그 위에 숲에서 주워 모은 여러 가지 열매를 펴놓았다.

그들은 단숨에 그 열매를 다 먹고, 나중에는 딱딱한 빵마저 다 먹고 나서야 겨우 식사를 끝냈다. 그것을 보자 아이네이아스의 아들 율루스가 웃으며 말했다.

「야, 우리는 식탁까지 먹고 있네.」

아이네이아스는 이 말을 듣고 예언의 의미를 깨달았다. 그리고 소리쳤다.

「약속의 땅에 행운이 있으리라. 여기야말로 우리의 집이요, 우리의 나라다!」

그는 곧 그곳의 원주민이 누구이며, 지배자가 어떤 사람인지를 조사
했다. 선발된 백 명의 사람들이 많은 선물을 가지고 라티누스의 궁전
으로 가서 우의와 동맹을 청했다.

라티누스는 트로이의 영웅 아이네이아스가 신탁에 의해 자기 사위
로 약속된 사람이라는 결론을 내렸다. 그는 그들을 환대하며 쾌히 협
력을 약속하고, 자기 마구간에 있는 말에 태워 가지고 여러 가지 선물
과 우정어린 전갈을 주어서 돌려보냈다.

만사가 이처럼 순조롭게 잘되어 가는 것을 보자, 헤라는 옛날의 원한
이 되살아나는 것을 느꼈다. 그래서 그녀는 불화를 일으키기 위해 복
수의 여신 알렉토를 파견했다. 알렉토는 우선 왕후 아마타를 손에 넣
어 갖은 방법으로 트로이 인과의 동맹을 반대하게 한 다음, 늙은 여승
으로 변장하여 투르누스에게 가서 외래인들이 도착한 사실과, 그들의
왕이 그의 신부를 탈취하려 한다는 소식을 전했다. 그리고 그녀는 트
로이 진영으로 가서 살펴보니, 소년 율루스가 그의 친구들과 수렵을 하
며 놀고 있는 것이 눈에 띄었다. 알렉토는 개들의 후각을 더욱 예민하
게 만들어 가까운 숲 속으로부터 숫사슴을 몰아 내도록 하였다. 그런
데 이 사슴은 라티누스 왕의 목자인 티루스의 딸 실비아가 총애하는 사
슴이었다. 마침 율루스가 던진 창이 사슴에게 상처를 냈다. 사슴은 간
신히 집으로 달려가 여주인의 발치에서 죽고 말았다. 실비아의 슬픈
울부짖음에 그녀의 오빠들과 목자들은 닥치는 대로 무기를 잡고 율루
스 일행을 맹렬히 공격했으나, 달려온 친구들이 율루스 일행을 구해 주

었다. 그들은 일당 중 두 사람을 잃고 쫓겨 돌아갔다.

충분히 전쟁을 일으킬 만한 사건이었다. 왕후와 투르누스와 농민들은 늙은 왕에게 외래자들을 국외로 추방하기를 강권했다. 왕은 힘 닿는 데까지 반대했으나, 자기의 반대가 무익한 것을 깨닫고 결국 은퇴소로 물러갔다.

이 나라에서는, 전쟁을 시작하게 되면 왕이 예복을 입고 엄숙한 의식을 거행하고 평화시에는 닫혀 있던 야누스 신전의 문을 여는 관습이 있었다. 백성들은 늙은 왕을 몰아세워 그 의식을 거행하라고 했지만, 왕은 듣지 않았다. 이렇게 그들이 옥신각신하고 있을 때, 헤라가 하늘에서 내려와 문을 부수어 버렸다. 그러자 온 나라 사람들이 열광하며 사방에서 모여들었다.

투르누스가 총지휘자로 추대되었고, 다른 무사들은 동맹자로서 참가했는데, 그 수령은 메젠티우스였다. 그는 용감하고 유능한 무사였으나, 실로 증오할 만한 잔인성의 소유자였다. 그는 어느 이웃 나라의 족장이었는데, 그 잔인함 때문에 백성들에게 추방당했다. 메젠티우스와 함께 전쟁에 참가한 아들 라우수스는 아버지보다 훨씬 훌륭한 족장이 될 만한 청년이었다.

카밀라는 아르테미스의 총애를 받는 처녀로, 수렵의 명인인 동시에 훌륭한 무사였다. 그녀는 아마존족의 관례에 따라 기마대를 대동하고 와서 투르누스 군에 가담했는데, 그 기마대 가운데는 선발된 여군도 포함되어 있었다. 카밀라는 어렸을 때부터 물레나 베틀에는 관심도 없고 오직 전투 연습이나 바람보다도 빨리 달리는 연습만 했다. 들판의 보리밭 위를 달리면 곡식을 짓밟지 않을 정도였고, 물 위를 달리면 발을 적시지 않을 정도로 빨리 달렸다. 그러나 카밀라의 생애는 그 시작부터 기구했다. 그녀의 아버지 메타보스는 내란 때 어린 딸과 함께 도시에서 추방당했다.

아버지와 딸은 적의 맹렬한 추격을 받으며 숲 가운데를 지나 마세우스 강가에 도착했다. 홍수 때문에 강물을 도저히 건널 수 없을 것처럼 보였다. 메타보스는 잠시 발을 멈추고 주저했으나, 다른 길은 없었다. 그는 어린 딸을 나무 껍질로 만든 보자기에 싸서 창에 붙잡아매고, 그 창을 한 손으로 높이 들어올리며 아르테미스에게 기원했다.

「숲의 여신이여! 당신에게 이 딸을 드리겠습니다.」

그리고 그는 무거운 짐을 붙잡아맨 창을 건너편 강가로 힘껏 던졌다. 창은 미친 듯이 넘실거리는 강물을 가로질러 날아갔다. 추격자들이 가까이에 접근해 왔을 때, 그는 물 속으로 뛰어들었다. 헤엄쳐 건너간 그는 강가에 어린아이를 붙잡아맨 창이 무사히 박혀 있는 것을 보았다. 그때부터 양치기들 사이에서 살게 되었고, 메타보스는 딸에게 숲 속 생활에 필요한 기술을 가르쳤다. 그래서 그녀는 아주 어릴 적부터 활을 쏘고 창을 던지며 성장하였다. 그리하여 투석기로 두루미나 야생 백조를 떨어뜨릴 수 있었다. 그녀의 옷은 호랑이 가죽으로 만든 것이었다. 많은 어머니들이 카밀라를 며느리로 삼고 싶어했지만, 그녀는 아르테미스를 충실하게 섬길 뿐 결혼 같은 것은 생각하지 않았다.

이렇게 무서운 동맹자들이 아이네이아스와 싸움을 벌이려 하고 있는 것이다. 그러던 어느 날 밤 아이네이아스가 강기슭에서 잠이 들었는데, 강의 신인 티베리스가 머리맡에 서서 이렇게 말했다.

「여신의 아들이며 라틴 나라의 소유자가 될 운명을 지닌 자여, 여기는 약속의 땅, 그대의 나라가 될 곳이다. 참고 견디면 신들의 적의도 사라질 것이다. 여기서 얼마 멀지 않은 곳에 그대의 편이 될 사람들이 있으니 배를 준비하여 이 강을 저어 올라가거라. 내가 아르키다 인의 수령 에반드로스가 있는 곳으로 안내해 주리라. 에반드로스는 오랫동안 투르누스나 루툴리아 인과 사이가 나빴으므로, 기꺼이 그대의 동맹자가 되어 줄 것이다. 자, 헤라에게 맹세하고 그녀가 분노를 일으키지 않도록 기원하라. 그리고 나중에 승리를 거두면 나를 생각해 달라.」

잠에서 깬 아이네이아스는 친절한 티베리스의 계시를 따랐다. 그는 헤라에게 희생물을 바치고, 강의 신과 그의 부하인 우물들에게 도와 달라고 호소했다.

무장한 무사들을 가득 실은 배가 티베르 강을 거슬러 올라갔다. 강의 신은 물결을 가라앉히고 조용히 흐르도록 명령했다.

이윽고 그들은 세운 지 얼마 되지 않은 건물들이 여기저기 보이는 도시에 이르렀다. 이 도시에서 후에 그 영광이 하늘을 찌를 듯한 명성을 갖게 될 로마 시가 자라나게 되는 것이다. 바로 그날 늙은 왕 에반드로스는 매년 헤라클레스와 그 신들에게 드리는 제례 의식을 거행하고 있었다. 아들 팔라스와 다른 족장들도 모두 참례했다. 그들은 큰 배가 숲 속을 헤치고 미끄러지듯이 접근해 오는 것을 보고 놀라서 일어섰다. 그러나 팔라스는 제전을 계속하도록 명령하고, 자신은 창을 집어 강가로 걸어갔다. 그는 큰 소리로 배에 탄 사람들을 향해, 당신들은 누구이며, 무엇 때문에 왔느냐고 물었다. 아이네이아스는 올리브나무 가지 (평화의 증표)를 내밀며 대답했다.

「우리는 트로이 인으로, 당신네들에 대해서는 호의를, 루툴리아 인에 대해서는 적의를 가진 자들입니다. 우리는 에반드로스 왕을 찾아왔으며, 우리 병력과 당신들의 병력을 합치기를 원하고 있소.」

팔라스는 이 위대한 민족의 이름을 듣고 놀라서 그들에게 상륙하기를 청했다. 아이네이아스가 기슭에 오르자, 팔라스는 그 손을 잡고 정답게 악수를 나누었다. 그리고 숲을 지나 왕과 그 밖의 사람들이 모여 있는 곳으로 안내했는데, 그들은 그곳에서 극진한 환대를 받았다.

제례 의식이 끝나자, 사람들은 모두 도시 쪽으로 돌아갔다. 허리가 구부러진 늙은 왕은 아들과 아이네이아스 사이에서 여러 가지 재미있는 이야기를 나누며 두 사람의 팔을 번갈아 잡으면서 걸었다. 아이네이아스는 옛날의 이름 높은 영웅에 대한 이야기를 들으며 주위의 아름다운 경치를 감상했다.

에반드로스가 말했다.

「예전에는 이 넓은 숲 속에 파우누스와 님프, 그리고 수목 속에서 탄생한, 법률이나 사회적 교양이 없는 야만인들이 살고 있었습니다. 그들은 소에게 멍에를 얹을 줄도 몰랐고, 농사를 지을 줄도 몰랐으며, 장래에 대비하여 풍족한 물품을 저장할 줄도 몰랐습니다. 그들은 나뭇가지에서 새싹을 뜯어먹거나 사냥한 노획물을 날것으로 먹었습니다. 그 무렵에 사투르누스가 그의 아들에게 쫓겨 올림포스에서 이곳으로 왔습니다. 그는 이 사나운 야만인들을 모아 사회를 이루었고, 법률을 만들어 주었습니다. 덕분에 화평하고 풍족한 사회가 이루어졌으므로, 후세 사람들은 사투르누스의 치세를 황금시대라고 부르게 되었습니다. 그러나 점점 시간이 흐르면서 이와는 전혀 다른 시대가 계속되었고, 황금과 피에 대한 갈망이 지배하게 되었습니다. 계속하여 폭군들이 국토를 지배했는데, 마침내 내가 고국 아르카디아에서 추방되어 저항할 수 없는 운명의 힘에 의하여 이곳에 오게 된 것입니다.」

그리고 에반드로스는 아이네이아스에게 타르페이아의 바위와, 그 당시는 덤불이 우거진 황무지였으나 후에 카피톨리움(유피테르 신전)이 장엄한 자태로 높이 서게 된 언덕을 보여 주고, 허물어져 가는 성벽을 가리키며 말했다.

「여기는 야누스가 세운 야니쿨룸이고, 저기는 사투르누스의 도시 사투르니아입니다.」

이윽고 그들은 검소한 에반드로스의 궁전에 이르렀는데, 가축의 무리가 울며 들판을 배회하고 있었다. 일행이 궁전으로 들어가니, 어느새 아이네이아스를 위해 안에다 푹신하게 나뭇잎을 넣고 겉은 리비아의 곰가죽으로 덮은 소파가 마련되어 있었다.

다음날 아침, 에반드로스는 처마끝에서 지저귀는 낭랑한 새소리를 듣고 일찌감치 일어났다. 그는 윗옷을 입고 어깨에는 호피를 걸치고, 발에는 덧신을 신었으며, 허리에는 훌륭한 칼을 차고 손님을 만나러 나섰다. 두 마리의 맹견이 그의 뒤를 따랐다.

아이네이아스는 충복 아카테스와 같이 있었다. 잠시 후에 팔라스도 왔다. 노왕은 다음과 같이 말했다.

「명예로운 트로이 인이여, 그런 위업에 우리는 별로 도움이 못 될 것입니다. 우리 나라는 한쪽은 강으로 막혀 있고, 한쪽은 루툴리아 인에게 포위되어 있는 약한 나라입니다. 그래서 나는 당신을 어느 유력한 민족에게 소개하려고 합니다. 운명이 당신을 적당한 시기에 이곳으로 인도한 것입니다. 강 건너에는 에트루리아 인이 살고 있습니다. 그 민족의 왕은 메젠티우스였는데, 그는 복수심을 만족시키기 위해 일찍이 들어 본 적도 없는 형벌을 만든 잔인한 자입니다. 심지어는 죽은 사람과 산 사람의 손과 손, 얼굴과 얼굴을 한데 묶어 산 자가 죽은 자와 붙어서 죽게 만들기도 했습니다. 마침내 백성들이 들고 일어나 그의 일가를 추방했습니다. 그들은 그의 궁전을 불사르고 그 도당을 참살했습니다. 투르누스에게 도망친 그는 아직도 투르누스의 보호 아래 있습니다. 에트루리아 백성들은 계속해서 그를 내놓으라고 요구했고, 최근에는 무력으로라도 그 요구를 관철시키려 하고 있습니다. 그러나 사제들이 그들을 제지하였습니다. 그 나라에서 태어난 자는 싸움을 승리로 이끌 수가 없다면서, 하늘의 뜻에 따라 바다를 건너온 자가 그들의 지휘자로 예정되어 있다는 것이었습니다. 그래서 그들은 나에게 왕관을 바치겠다고 하였으나, 나는 그런 큰일을 맡기에는 너무 늙었고, 내 아들은 본국 태생이므로 하늘의 뜻에는 적합하지 않습니다. 그러나 당신은 태생으로 보나 연배로 보나 무공으로 보나 신들에 의하여 예정된 인물이니, 그들 앞에 나타나기만 하면 바로 지도자로서 환영을 받을 것입니다. 그런 당신에게 나는 나의 유일한 희망이요 위안인 아들 팔라스를 가담시키겠습니다. 당신 밑에서 전술도 배우고, 그 위대한 무공을 본받도록 할 작정입니다.」

그런 다음, 왕은 아이네이아스를 위해 말을 준비시켰다. 아이네이아
스와 선발된 부하들과 팔라스는 말을 타고 에트루리아 인의 도시를 향
하여 떠났으며, 나머지 대원들은 배 있는 곳으로 돌려보냈다. 무사히
에트루리아 인의 진영에 도착한 아이네이아스 일행은 타르곤과 그 백
성들로부터 따뜻한 환대를 받았다.

그 동안 투르누스도 군대를 소집하고 전쟁에 필요한 모든 군비를 갖
추었다. 헤라는 무지개의 여신 이리스를 파견하여, 아이네이아스가 없
는 틈을 타서 트로이 진영을 기습하도록 선동했다. 그러나 트로이 인
들은 적의 내습을 경계하고 있었고, 또 아이네이아스로부터 자기가 없
는 동안에는 절대로 전쟁을 하지 말라는 엄명을 받았으므로, 진지 속에
엎드린 채 아무리 루툴리 군이 유인하려 해도 그 술책에 넘어가지 않았
다. 밤이 되자 투르누스 군대는 자기네가 우세하다고 생각하고 기고만
장하여 잔치를 베풀고 소란을 피우다가, 마침내 들판에 쓰러져 잠이 들
어 버렸다.

이에 반해 트로이 인 진영에서는 모두 방심하지 않고 경계 태세를 갖
춘 채 아이네이아스의 귀환을 초조하게 기다리고 있었다. 니소스가 진
영의 입구에서 망을 보고 있었고, 그의 곁에는 전 군대 안에서 온화한
인품과 뛰어난 재주로 유명한 청년 에우리알로스가 서 있었다. 그들은
우정으로 맺어진 전우였다. 니소스가 에우리알로스에게 말했다.

「적군의 저 태평스러운 꼴을 보게. 모두 술에 취해 잠이 든 모양이
야. 자네도 알겠지만, 아군 수령들은 아이네이아스에게 사람을 보내어

그로부터 어떤 지시가 내려지기를 기다리고 있네. 그래서 말인데, 내가 적진을 뚫고 나가 아이네이아스를 찾아갈까 하네. 만일 잘된다면 대가는 그 명예만으로 족하네. 그래도 무엇인가를 더 받아야 한다면, 그것은 자네가 가지게나.」

에우리알로스는 모험심에 불타서 대답했다.

「그러면 니소스, 자네는 그 모험에 나를 끼워 주지 않겠단 말인가? 내가 자네를 그런 위험한 곳에 혼자 보낼 것 같은가? 용감한 아버지는 나를 그렇게 가르치지 않았으며, 나도 아이네이아스 군대에 참가할 때부터 그런 생각은 없었네. 그때 벌써 명예를 위해서는 생명을 내놓을 각오를 했네.」

그러자 니소스가 말했다.

「그 점은 나도 충분히 알고 있네. 그러나 이런 일은 성공할지 어떨지 모르는 법이고, 또 나는 어떻게 되든 자네만은 무사하길 바라네. 자네는 나보다 젊고 장래가 촉망되는 사람이니까. 그리고 만일의 경우 자네 어머니의 슬픔의 원인이 되긴 싫다네. 자네 어머니는 다른 부인들과 함께 아케스테스 시에 편안하게 계시려 하지 않고 이 싸움터에서 자네와 같이 있는 쪽을 택하지 않았는가.」

에우리알로스가 말했다.

「더 이상 아무 말 말게. 자네가 아무리 나를 단념시킬 이유를 찾으려 해도 쓸데없네. 나는 자네와 동행하기로 굳게 결심했으니, 자, 서둘러 출발하세.」

그들은 수비병을 불러 임무를 맡기고 총사령부의 진영을 찾아갔다.

수령들은 그들의 상황을 아이네이아스에게 알릴 방안을 협의하고 있는 중이었으므로, 니소스와 에우리알로스의 제의를 기꺼이 수락했다. 그들은 두 사람을 칭찬하고, 성공할 경우 충분한 보상을 하겠다고 약속했다. 특히 율루스는 에우리알로스에게 인사를 하고 영원한 우정을 다짐했다.

에우리알로스가 그에게 말했다.

「한 가지 부탁이 있네. 나의 늙은 어머니가 진영에 와 계시네. 나 때문에 다른 부인들과 더불어 아케스테스 시에 남으려 하지 않고 트로이를 떠나셨지. 나는 어머니에게 작별 인사를 하지 않고 떠나겠네. 어머니가 눈물을 흘리며 만류하면 발걸음이 떨어지지 않을 것 같아서일세. 원컨대, 내 어머니의 슬픔을 위로해 주게. 이것만 약속해 준다면, 어떤 위험이 닥치더라도 용감하게 임무를 수행하겠네.」

율루스와 다른 대장들은 감동하여 눈물을 흘리면서 그의 부탁을 들어 주겠다고 약속했다.

율루스가 말했다.

「자네 어머니가 나의 어머닐세. 만일의 경우 자네가 돌아오지 못할 때는 내가 자네 대신 어머니를 위로해 드리겠네.」

이렇게 해서 니소스와 에우리알로스는 곧장 적진 한가운데로 뛰어들어갔다. 적들은 보초병 하나 없이 풀 위나 마차 사이에 흩어져서 정신없이 잠자고 있었다. 그 당시 전쟁의 법규는 용감한 자가 잠자고 있는 적을 죽이는 것이 금지되어 있지 않았다. 그래서 두 트로이 인은 적진을 통과하며 될 수 있는 한 많은 적을 아무 소동도 일으키지 않고 죽였다. 어떤 진영에서 에우리알로스는 황금의 깃털이 반짝이는 훌륭한 투구를 노획했다. 그들은 아무에게도 발각되지 않고 적진 한가운데를 통과했다. 그런데 갑자기 그들 앞에 적의 기병대가 나타났다. 그들은 대장 볼스켄스의 인솔하에 진영으로 돌아오는 군대였다. 에우리알로스가 노획한 반짝이는 투구가 그들의 주의를 끌었던 것이다. 볼스켄스는 그들에게 누구며 어디서 왔느냐고 큰 소리로 물었다. 그들은 대답하지 않고 숲 속으로 뛰어들어갔다. 기병대는 그들을 놓치지 않으려고 사방으로 흩어졌다. 니소스는 추격을 피하여 달아났으나 에우리알로스가 보이지 않자 다시 찾으러 갔다. 숲 속으로 들어가니, 적의 일단이 에우리알로스를 둘러싸고 질문을 퍼붓는 것이 보였다.

'어떻게 하면 좋을까! 어떻게 하면 에우리알로스를 구해 낼 수 있을까! 그와 함께 죽는 것이 낫지 않을까?'

니소스는 밤하늘의 밝은 달을 우러러보며 부르짖었다.

「여신이여! 저에게 은총을 베푸소서!」

그리고 손에 들고 있던 창을 기병대의 지휘관을 향해서 던졌다. 창을 맞은 지휘관은 그대로 죽고 말았다. 그들이 놀라 허둥거리고 있는 사이에 또 하나의 창이 날아와 또 한 놈을 쓰러뜨렸다. 대장 볼스켄스는 어디서 창이 날아오는지 몰라 칼을 빼어 들고 에우리알로스에게 돌진했다. 그리고 부하들의 원수를 갚기 위해 에우리알로스의 가슴을 찌르려고 했다. 그때 숲 속에서 친구의 위험을 보고 있던 니소스가 뛰어나와 소리쳤다.

「내가 창을 던졌다! 루툴리 인, 너의 칼을 나에게로 돌려라. 그는 친구로서 나를 따라왔을 뿐이다.」

이 말이 끝나기도 전에 볼스켄스의 칼이 에우리알로스의 머리를 쳤다. 그의 머리는 쟁기에 꺾인 꽃과 같이 어깨 위로 떨어졌다. 니소스는 볼스켄스를 향해 돌진하여 칼로 그의 목을 찔렀다. 그리고 그 자신도 무수한 칼을 맞고 참살되었다.

아이네이아스는 에트루리아의 동맹군을 데리고 마침 알맞은 때에 전장으로 돌아와 적에게 포위된 아군을 구했다. 이제 양군의 세력이 비슷해졌으므로, 마침내 본격적인 전쟁이 시작되었다.

폭군 메젠티우스는 싸움의 상대가 자기에게 반기를 들었던 백성들이라는 것을 알고 야수처럼 날뛰었다. 그는 자기에게 저항해 오는 자는 모조리 참살했다. 마침내 그는 아이네이아스와 마주치게 되었다. 장병들은 두 사람의 승부를 숨을 죽이고 지켜보았다. 메젠티우스는 들고 있던 창을 던졌다. 창이 아이네이아스의 방패를 치고 빗나가서 안토르를 맞혔다. 그리스 태생의 안토르는 고향 아르고스를 떠나 에반드로스를 따라 이탈리아로 왔던 것이다. 시인 베르길리우스는 이 안토르에 대해 꾸밈 없고 비애에 찬 필치로 노래하고 있는데, 그 말은 오늘날에도 흔히 속담으로 쓰이고 있다(이 불행한 자는 다른 사람을 겨눈 창을 맞아 쓰러져 하늘을 우러러보고 죽어가면서 고향을 생각했네).

이번에는 아이네이아스가 창을 던졌다. 창은 메젠티우스의 방패를 뚫고 그의 넓적다리에 꽂혔다. 그의 아들 라우수스는 이 모습을 보고 창을 들고 뛰어나와 아이네이아스 앞을 가로막았다. 그 동안에 부하들은 메젠티우스 주위에 모여들어 그를 떠메고 갔다. 아이네이아스는 칼을 라우수스의 머리 위로 치켜들고 내리칠까 말까 주저하고 있었다. 그러나 격노한 라우수스가 맹렬히 공격해 왔으므로, 아이네이아스는 하는 수 없이 운명의 일격을 가했다. 라우수스는 쓰러졌다. 아이네이아스는 가엾게 여겨 몸을 구부리고 그의 얼굴을 들여다보며 말했다.

「불행한 젊은이여, 비록 적일지언정 그대의 용기는 칭찬할 만하네. 그대가 자랑으로 삼는 갑옷을 그대로 입고 있게나. 그리고 걱정하지 말라. 그대의 유해는 그대의 친구들에게 돌려 주어 적당한 장례를 치를 수 있게 하겠노라.」

아이네이아스는 라우수스의 부하들을 불러 유해를 건네 주었다.

그 사이에 메젠티우스는 강변으로 옮겨져 상처를 치료받았다. 얼마 후 라우수스가 전사했다는 보고를 받자, 복수와 절망이 그의 기력을 대신했다. 그는 말을 타고 전투장인 숲 속으로 들어가 아이네이아스를 찾았다. 이윽고 아이네이아스를 발견하자, 메젠티우스는 그의 주위를 돌며 계속해서 창을 던졌다. 아이네이아스는 방패를 자유자재로 돌려서 창을 막았다. 메젠티우스가 세 바퀴째 돌았을 때, 아이네이아스는 마침내 창을 그가 탄 말의 머리를 향해서 던졌다. 창이 말의 머리를 관통하자, 양군에서 환성이 일어났다. 그 소리는 하늘을 찌를 듯했다. 메젠티우스는 살려 달라고 애원하지 않았다. 오직 자기의 시체가 배반한 부하들로부터 모욕당하지 않도록 해 주고, 아들과 함께 묻어 달라는 부탁을 했다. 이윽고 그는 운명의 일격을 받고 피를 흘리며 절명했다.

전장의 일부에서 이런 일이 벌어지고 있는 동안, 다른 곳에서는 투르누스가 한창 젊은 팔라스와 맞붙어 싸우고 있었다. 이렇게 실력 차이가 나는 전사간의 싸움이란 그 결과가 뻔했다. 팔라스는 용감히 싸웠으나, 투르누스의 창을 맞고 쓰러졌다. 승리자 투르누스는 그 용감한 젊은이가 자기 발 밑에 쓰러져 죽은 것을 보자 가여운 생각이 들어, 적의 갑옷을 박탈하는 승리자의 특권을 행사하지 않았다. 다만 금못과 금조각으로 장식한 띠만 빼앗아 자기 몸에 두르고 나머지 물건은 죽은 자의 친구에게 양도했다.

그 싸움이 끝나자, 양군 모두 전사자를 장례 지내기 위해 며칠 간 휴전을 했다. 그 틈을 타서 아이네이아스는 투르누스에게 사자를 보내 1대 1의 단기전으로 승부를 가리자고 제안했다. 그러나 비겁하게도 투르누스는 아이네이아스의 도전을 받아들이지 않았다. 그래서 다시 전쟁이 시작되었는데, 이번 전투에서는 처녀 무사 카밀라의 활약이 돋보였다. 그녀의 용맹스러움은 용감한 남자 무사들을 능가했다. 많은 트로이 인과 에트루리아 인이 그녀의 창에 찔리거나 혹은 도끼에 맞아 쓰러졌다. 아룬스라고 하는 에트루리아 인이 줄곧 그녀를 지켜보면서 호시탐탐 기회를 노리고 있다가, 그녀가 도망하는 적병을 추격하는 것을 보았다. 적병의 갑옷이 너무도 훌륭해 그것을 빼앗으려 했던 것이다. 그녀는 추격에 열중한 나머지 자신의 위험을 깨닫지 못했다. 이때를 놓치지 않고 아룬스가 창을 던져 그녀에게 치명상을 입혔다. 쓰러진 그녀는 곁에 있던 여자 부하들의 팔에 안겨서 숨을 거두었다. 아르테미스 여신은 그녀를 죽인 자를 그대로 내버려두지 않았다. 아룬스는 기쁘면서도 한편으로는 무서운 생각이 들어 도망치려 하였다. 그때 아르테미스가 보낸 님프가 쏜 화살에 맞아 그는 먼지 속에서 아무도 모르는 가운데 외로이 죽어갔다.

　마침내 아이네이아스와 투르누스의 최후 격전이 벌어졌다. 가능한
한 투르누스는 이 전투를 피하려 하였으나, 불리한 전세와 부하들의 불
평 소리에 더 이상 물러설 수만은 없게 되었다. 승패는 뻔했다. 아이네
이아스에게는 운명의 예언이 있었고, 어머니 베누스(아프로디테)의 도
움이 있었고, 게다가 어머니가 불카누스(헤파이스토스)에게 부탁해서
만든, 어떤 것도 뚫지 못하는 갑옷이 그를 지켜주었다. 그 반면, 투르누
스는 그의 편을 들어 주던 신의 가호도 이제는 기대할 수 없게 되었다.
왜냐하면 헤라는 더 이상 투르누스를 도와주어서는 안 된다는 제우스
의 엄명을 받았기 때문이다. 투르누스는 창을 던졌으나, 창은 아이네이
아스의 방패에 맞고 그대로 튀었다. 이번에는 트로이의 영웅이 창을
던졌다. 창은 투르누스의 방패를 뚫고 그의 넓적다리를 관통했다. 그
러자 투르누스의 불굴의 기상도 꺾여 관대한 처분만 애걸할 뿐이었다.
아이네이아스는 그를 불쌍히 여겨 살려 주려고 했으나 그 순간 팔라스
의 띠가 그의 눈에 띄었다. 그것은 투르누스가 팔라스를 죽이고 빼앗
은 것이었다. 그것을 보자 아이네이아스는 「팔라스가 이 칼로 너를 죽
이노라」 하고 소리치며 들고 있던 칼로 투르누스를 내리쳤다.

　여기서 시인 베르길리우스의 「아이네이아스」는 끝을 맺는다. 그뒤
에 아이네이아스는 적을 모두 정복하고 라비니아를 신부로 맞았다. 전
설에 의하면, 아이네이아스는 자기의 도시를 건설하고 라비니아의 이
름을 따서 리비니움이라고 명명했다고 한다. 아들 율루스는 알바롱 시

를 건설하였는데, 그 도시야말로 로물루스와 레무스(마르 신과 알리아 사이에 난 쌍둥이 형제로, 로마의 시조)의 탄생지로서, 곧 로마의 요람 지인 것이다.

신화와 시인들

호메로스

트로이 전쟁에서부터 그리스 군의 귀환까지 다룬 「일리아스」와 「오디세이아」의 작자 호메로스(호머)는, 그가 시 속에서 칭송하고 있는 영웅들과 마찬가지로 신화적인 인물이다. 전설에 의하면, 호메로스는 장님 음유 시인으로, 이곳저곳을 방랑하면서 때로는 궁중에서, 때로는 미천한 농가에서 하프 소리에 맞추어 자신이 지은 시를 읊으며 청중이 베풀어 주는 희사금으로 생활했다고 한다. 시인 바이런은 호메로스를 '암석이 많은 카오스 섬의 눈먼 노인'이라 했고, 또 어떤 유명한 풍자 시는 호메로스의 탄생지가 확실하지 않은 것에 대해 이렇게 노래하고 있다.

'생전에 호메로스가 빵을 구걸하기 위해 돌아다닌 부유한 도시가 일곱 군데 있었는데, 그들은 서로 호메로스가 자기네 고장 사람이라고 우

졌다.'

이 일곱 도시는 스미르나, 키오스, 로도스, 콜로폰, 살라미스, 아르고스, 아테네였다.

현대의 학자들은 호메로스의 시라고 전해지는 것이 과연 한 사람의 작품인지 의문을 갖고 있다. 이러한 의문은 같은 장시(「일리아스」는 15,693행이고 「오디세이아」는 12,110행)가 그런 초기 시대에 씌어졌다고는 믿기 어렵다는 데서 기인한 것이다. 보통 추정되고 있는 이 작품의 제작 연대는 현존하는 어떤 비명(碑銘)이나 화폐보다도 오래되었는데, 그때는 아직 그런 긴 작품을 적어 둘 만한 재료가 없었을 때이기 때문이다.

또 이와 같은 장시가 어떻게 오직 기억에 의해서 오랜 세월에 걸쳐 전해 내려왔는가 하는 것도 의문시된다. 이 의문에 대해서는 당시 렙서디스트(rhapsodists), 즉 음유 시인이라고 불리는 전문적인 집단이 있어 그들이 다른 사람의 시를 암송하거나 국가적 · 애국적인 전설을 이야기하고 그에 대한 보수를 받아 생활했다는 것으로 설명되고 있다.

그래서 그 시의 뼈대를 이루고 구성을 한 것은 호메로스지만, 다른 사람들이 거기에 가필을 하고 삽입을 했다는 것이 학자들의 일반적인 의견이다.

헤로도토스(기원전 484~425, 그리스의 역사가)는 호메로스의 생존 시기를 기원전 580년경으로 추정하고 있다.

베르길리우스(버질)

베르길리우스는 그 성(性)을 따서 마로라고도 한다. 우리가 앞서 본 아이네이아스 이야기는 베르길리우스의 서사시 「아에네이스」에서 취한 것인데, 그는 로마 황제 아우구스투스의 치세를 더욱 빛나게 하여 그것을 후세 사람들에게 '아우구스투스 시대'라 불리게 한 위대한 시인이다.

베르길리우스는 기원전 70년에 만투아(만토바)에서 태어났다. 그의 위대한 작품 「아에네이스」는 호메로스의 작품에 이어 서사시의 최고 걸작으로 일컬어진다. 베르길리우스는 독창력이나 발명력에 있어서는 호메로스에 미치지는 못하나, 표현이 정확하고 우아한 점에 있어서는 호메로스보다 뛰어나다.

오비디우스(오비드)

시에서 곧잘 나소라는 별명을 썼던 오비디우스는 기원전 43년에 태어났다. 그는 국가 관리가 될 교육을 받고 상당한 지위까지 올랐으나, 시를 좋아하여 일찍부터 시에 심취하였다. 그래서 그는 당시의 시인들과 교제했고, 호라티우스(기원전 65~8, 로마의 시인)와도 친하게 지냈다. 베르길리우스와도 만난 적이 있으나, 베르길리우스는 오비디우스가 아직 젊고 유명해지기 전(당시 오비디우스는 34세였음)에 죽었기 때문에 친근하게 지내지는 못했다.

오비디우스는 아우구스투스 황제의 가족과 친하게 지냈는데, 후에 그 중 한 사람을 몹시 노하게 해서 그의 운명이 돌변하고 말았다. 로마에서 추방되어 흑해 연안의 토미스(루마니아의 콘스탄차)라는 곳으로 보내졌던 것이다. 그의 나이 50세 때의 일이다. 사치스런 수도의 모든 쾌락과 가장 유명한 동시대인과의 교제를 즐기던 시인은 이곳에서 야만인들과 혹독한 기후 밑에서 그 생애의 마지막 10년을 비탄과 근심 속에 지냈다. 유배 생활중 그의 유일한 위안은 아내와 친구들에게 편지를 쓰는 일이었는데, 그의 편지는 모두 운문이었다. 그 시들, 즉 「비탄의 시」와 「흑해로부터의 편지」는 그의 슬픔이 주된 소재지만, 뛰어난 취미와 풍부한 구상은 독자들에게 즐거움을 주고 있다.

오비디우스의 2대 걸작은 「메타모르포세스(Metamorphoses)」와 「파스티(Fasti)」이다. 둘 다 신화를 제재로 한 시인데, 특히 「메타모르포세스」는 그리스 로마 신화 대부분의 이야기의 근원이 되었다. 최근 어떤 작가는 이 두 시의 특성을 다음과 같이 이야기하고 있다.

「그리스의 풍부한 신화가 지금까지 많은 시인·화가·조각가에게 그 예술의 소재를 제공하는 것과 마찬가지로 오비디우스에게도 영감과 소재를 제공하였다. 그는 순박함과 정열로 태고의 황당한 전설을 서술했고 그 위에 능히 거장의 손만이 부여할 수 있는 살아 있는 듯한 현실성을 부여했다. 그의 자연 묘사는 실로 인상적이고 충실하다. 그는 적절한 것을 주의 깊게 선택하고 불필요한 것은 버렸다.

「메타모르포세스」는 젊은이들이 즐겨 읽는데, 나이가 든 후에도 보다 큰 기쁨을 가지고 읽을 수 있는 작품이다. 이 시인은 그가 쓴 시가 자기가 죽은 후에도 오래도록 남으리라는 것, 로마의 이름이 알려진 곳에서는 어디서나 읽혀지리라는 것을 예언했다.」

작가와 작품 해설

  그리스 신화는 기원전 3~4세기에 걸쳐서 그리스 어를 사용하는 여러 지방에 널리 퍼져 있던 갖가지 불가사의한 설화와 전설에 붙인 명칭이다. 우리나라의 『삼국유사』나 『삼국사기』, 『수이전』 등의 문헌에서도 알 수 있듯이 우리 나라뿐만 아니라 모든 민족은 불가사의한 전설이나 신화를 가지고 있다. 그리고 그것을 수록한 문헌들을 보면 역사적인 색채를 띤 내용도 있고, 서사시 형태로 발전한 것도 있으며, 종교상의 신앙을 권위있게 만들고자 한 것도 있다. 대부분의 문헌들은 이러한 성격들을 거의 포함하고 있는데 『그리스 로마 신화』 역시 예외는 아니다.

  『그리스 로마 신화』를 엮은 토머스 불핀치는 1796년 7월 15일 미국 매사추세츠 보스턴 근교인 뉴튼에서, 유명한 건축가인 아버지 찰스 불핀치와 어머니 해나 앱소프 사이에서 태어났다. 그는 명문교를 거쳐 1814년에 하버드대학을 졸업한 후 잠시 교직에 머물다가 1837년부터 보스턴 머천트 은행에 근무하였다. 온유한 성품을 지닌 그는 청소년 문제에 깊은 관심을 보였으며, 가난한 어린이를 보호하면서 보스턴에서 평생 독신으로 지내다가 71세의 나이로 세상을 떠났다. 그가 청소년 문제에 깊은 관심이 있었던 만큼 그는 불우한 청소년에게 희망과 용기를 주고자 인간적인 요소가 강한 그리스의 신화들의 세계를 한 권의 책으로 만든 것이다.

『그리스 로마 신화』에는 인간적인 것과 초인간적인 것이 뒤섞여 있다. 아킬레우스는 바다의 여신 테티스의 아들이며, 그의 운명은 신탁에 의해서 결정된다. 또 트로이 전쟁의 원인이었던 헬레네는 제우스의 딸이다.

그리고 신들이나 여신들은 두 개의 진영으로 나뉘어서 우리 인간처럼 싸운다. 포세이돈도 아테나도 아레스도 전투에 참가하고, 제우스와 올림포스의 신들은 인간의 활동을 구체적으로 간섭한다. 따라서 인간은 제물을 바쳐 신들을 공경하고 그들이 노여움을 풀도록 모든 수단을 다 동원해 신과 화해하지 않으면 안 되었던 것이다. 『그리스 로마 신화』에 등장하는 신들은 모든 것을 너그럽게 이해하고 용서하는 신이 아니라 인간처럼 분노하고 사랑하는 모든 감정을 지녔기 때문이다.

그러나 『그리스 로마 신화』에 이처럼 인간의 감정을 지닌 신들이 등장한다고는 하지만, 이 이야기가 믿을 수 있을 만한 실재적인 것은 아니다. 그 예를 든다면, 아테나는 어머니가 없고 전능한 아버지 제우스의 머리에서 튀어나왔다는 점, 포세이돈이 날라다준 소금과 해풍이 스며든 대지 위에, 성장은 느리지만 결실이 풍요로운 올리브나무를 자라게 한 아테나 신화를 사실이라고 믿을 수 있을까? 그러나 사람들이 아테나 신화를 믿지 않게 되어버린 시대에도, 그러한 신화는 아직 소멸되지 않는 하나의 영감으로서 깊은 반성을 불러일으킨다.

그리스 인의 모든 사고는 이 신화에서 시작되고 있다. 비극시인은 소재를, 서정시인은 이미지를 이 신화에서 구하고 있는 것이다. 아킬레우스나 오디세우스의 모습은 옹기나 단지, 술잔 등과 같은 사물 위에 그려져 누구나 신화를 일상생활 속에서 친근하게 느끼도록 만들었다. 따라서 신화는 사람들의 뇌리에 새겨져 상상을 자극하고 도덕적인 관념을 지배하게 되는 것이다.

이러한 신화의 일반화, 그 힘의 해방이야말로 그리스 문화가 인간사에 가져다준 커다란 기여이다. 『그리스 로마 신화』 덕분에 신성불가침한 것에 대한 공포는 사라지고 신은 우리와 함께 살아 숨쉬게 되었다. 따라서 『그리스 로마 신화』에서 드러나는 신과 인간의 공통점이 우연이 아닌 것은 당연하다.

총체적으로 말하면 『그리스 로마 신화』는 지극히 복잡한 기원을 가지고, 인위적으로 종합되어 통일을 이루지 못하고 있고, 학자나 작가나 시인의 오랜 세월에 걸친 노작을 멋대로 덧붙이고 깎아 놓은 것이기는 하지만 거기에는 여전히 원시적인 민간 사상이나 민간 신앙이 뚜렷하게 제시되어 있는 것이다. 그래서 그는 유명한 호메로스의 「일리아스」와 「오디세이아」를 탄생시킬 수 있었다.

신화는 인간이 탄생했을 때부터 같이 존재하여 왔으므로 이 신화를 통해서 인간 정신의 본질적인 사고방식을 통찰할 수 있다. 그리하여 극도로 과학이 발달함에도 불구하고 신화는 인간 탐구의 주된 텍스트로 우리에게 주어지게 된다. 거기에는 인간의 본능적인 감정들인 사랑, 공포, 용기, 희망 등 모든 것이 어우려져 담겨 있기 때문이다.

작가 연보

1796년	7월 15일, 미국 매사추세츠 주의 보스턴 근교 뉴튼 시에서 출생.
1814년(18세)	하버드대학 졸업.
1815년(19세)	모교인 보스턴 라틴 스쿨에서 교편을 잡음.
1818년(22세)	아버지와 함께 워싱턴으로 이주.
1825년(29세)	워싱턴에서 보스턴으로 귀향. 여러 가지 사업을 시작했으나 실패.
1837년(41세)	보스턴 머천트 은행에서 근무.
1855년(59세)	대표작 『신화의 시대』를 간행.
1858년(62세)	『신화의 시대』의 속편인 『원탁의 기사』를 간행.
1860년(64세)	『소년 발명가』 간행.
1862년(66세)	『신화의 시대』의 3편인 『로맨스의 시대』 간행.
1863년(67세)	『신화의 시대』에 인용된 시들을 모아 『신화의 시대 시집』을 간행.
1866년(70세)	전설, 민화, 우화 등을 집대성한 『오리건과 엘도라도』 간행.
1867년(71세)	보스턴에서 생애를 마침.

예술 작품 속에서의 신들 ──────────

▲ 오이디푸스와 스핑크스

▲ 헤라

▲ 아프로디테

▲ 디오니소스와 이아코스

▲ 아이네이아스

▲ 포모나

그리스 신화 관련 지도

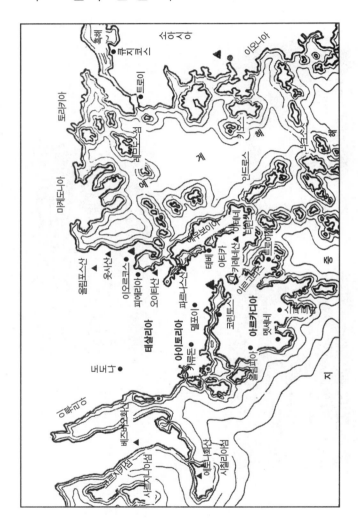